Como si fueran héroes

Historias cotidianas protagonizadas por personajes anónimos

Eva Parra Membrives

Amalasvintha

@ de los textos Eva Parra Membrives, 2015.
    contacto: membrives2@gmail.com

@ de la imagen de portada Noël González, 2015.
    contacto: vanderkrul@gmail.com

Primera edición: julio de 2015.

ISBN-13: **978-1515020431**
ISBN-10: **1515020436**

No se permite la reproducción total o parcial de este libro, ni su incorporación a un sistema informático, ni su transmisión en cualquier forma o por cualquier medio, sea éste electrónico, mecánico, por fotocopia, por grabación u otros métodos, sin el permiso previo y por escrito de la autora.

Esta es una obra de ficción. Cualquier parecido con la realidad es fruto de la casualidad y no intencionado.

A mi padre,

el primero de mis héroes

y aún de todos el mejor,

cuya idea sobre un puente viejo

cuento que nunca escribió,

sirvió de inspiración para estos relatos.

Índice

1. La Plaga ---------- 7
2. Derechos de autor ---------- 11
3. Risas ---------- 15
4. El plan ---------- 19
5. La historia ---------- 29
6. La culpa ---------- 35
7. El jardinero ---------- 41
8. Margaritas ---------- 47
9. 6.28 de la mañana ---------- 55
10. El examen ---------- 61

| Página | 6

11 La asamblea ---------------------------------- 75

12 El funeral -------------------------------------- 89

13 Acoso -- 97

14 Suspenso --------------------------------------- 99

15 Competición deportiva --------------------- 117

16 Fecha de caducidad ------------------------- 129

17 Inspiración ----------------------------------- 137

18 Sábado --- 143

19 Amor sin fin --------------------------------- 161

20 Ritual -- 177

21 Zapatos -- 183

22 La revelación -------------------------------- 187

23 Atropello -------------------------------------- 193

1   *La Plaga*

Como cada mañana, salió a su jardín y se dispuso a apartar los caracoles. Los había de todos los tamaños: Minúsculos, apenas un esbozo de animal solamente, difíciles de descubrir; enormes, con unas antenas curiosas que se alzaban hacia ella como queriendo comunicarle algo; y también medianos, aparentemente dormidos, refugiados en sus graciosas conchas de diferentes tonalidades pardas. Esa mañana encontró veintitrés.

Los fue recogiendo con cuidado, uno a uno, separándolos de hojas e hierbas, cuidándose mucho de no dañar aquellas moradas frágiles para no causar ningún perjuicio a aquellas babosas gruesas y bien alimentadas por el follaje de su jardín. Y con suma delicadeza también las fue colocando, una a una, sobre el camino asfaltado al otro lado de la verja. Sentía a los caracoles enmudecer más allá de su habitual silencio, asustados tal vez al verse de repente elevados hacia el cielo, sus minúsculos corazones paralizados por la sorpresa, el vértigo y el miedo; los imaginaba conteniendo el aliento y respirando con alivio una vez alcanzaban de nuevo la seguridad de tierra firme.

—No servirá de nada —oía aún comentar a la voz de su marido—. Volverán a entrar. Tardarán, les llevará largo tiempo, pero volverán a infestar el jardín.

Y así era. Una vez depositados en el suelo, extendían sus antenas con ansiedad, orientándose para buscar la ubicación del paraíso perdido y, tras un instante de duda, se ponían en marcha de nuevo, despacio, muy despacio, pero con una tenacidad que admiraba en ellos, apretando con decisión esos dientes que no poseían y realizando un esfuerzo sobrenatural por volver a recuperar una vida en abundancia.

—Deberías matarlos —le había dicho él—. Aplastarlos. O introducirlos en una bolsa, cerrarla bien y tirarlos a la basura.

Sonrió al recordar aquellas palabras y movió lentamente la cabeza. Tenía razón, por supuesto. Regresaban una y otra vez y, de aquel modo, jamás terminaría de deshacerse de aquella plaga que infestaba su jardín. Colocó el último caracol en el suelo y observó durante unos segundos la pequeña colonia de babosas desplazadas, hasta que vio ponerse en marcha a la primera de ellas. Sonrió una vez más y regresó a la casa.

Él nunca había llegado a comprender por qué no acababa con aquellos invasores de forma definitiva. Porque matarlos era fácil. Un fuerte pisotón y todo acabaría en apenas un instante. O tal vez pudiera hacerlo con ayuda de algún producto comprado en tienda especializada, indoloro y sin atacar al medioambiente. Era capaz de segar sus vidas, no había problema en ello, no afectaría a su conciencia. ¡Sólo eran unas babosas! Pero lo que le resultaba del todo imposible era despojar a aquellas breves vidas de un sentido. Quitarles la esperanza que suponía para ellos ese lento progreso hacia una vida mejor. Mientras se acercaban a su jardín, sus vidas cobraban sentido, poseían una meta y eran felices. Podía acabar con sus vidas, sí, pero no con sus ilusiones.

De modo que, a la mañana siguiente, aquella anciana solitaria se puso en pie otra vez con gran dificultad, como llevaba haciendo cada día ya desde antes del fallecimiento de su marido, y salió al jardín con intención de forzar sus deformes dedos artríticos y doloridos hasta el límite y recoger nuevamente los caracoles que encontrara. Dotaría de sentido aquellas vidas por lo demás inútiles.

Aquella mañana encontró diecisiete.

556 palabras, abril 2015.

2 Derechos de autor

Llegaba tarde a la cita con su editor. Apresuró el paso.

Mientras recorría las pocas calles que separaban su vivienda del imponente edificio de la editorial *Universo*, el escritor recordó el momento en el que sus sueños más atrevidos se habían convertido en realidad. ¡Había publicado una novela! ¡Su primera novela, y nada menos que en *Universo*, la más prestigiosa, la más popular de las editoriales de su país! Sonrió, satisfecho. Le habían citado para hablar de los derechos de autor. Se sentía feliz.

Cierto que no le correspondía gran cosa, apenas un dos por ciento de las ventas. No se haría rico con su creación. Pero se trataba de un producto de sus entrañas más que de su mente, de un reto autoimpuesto, de un sueño largamente acariciado. La euforia que sentía cada vez que pasaba por una librería y veía expuesta su obra, el orgullo que experimentaba cuando leía algún comentario elogioso en la prensa compensaba la escasa retribución económica. Y quizá no fuera tan escasa. ¿Cuántos ejemplares habría vendido? ¿Diez mil? ¿Cincuenta mil? En breves momentos lo sabría.

Sin darse cuenta apenas había alcanzado el edificio de la editorial. No le hicieron esperar demasiado. Le pasaron al despacho de su editor casi de inmediato.

El escritor se sorprendió mucho de no encontrar a su editor tan sonriente como el día en que firmaron el contrato. Reconocía aquella figura elegantemente vestida, pero, simultáneamente, le parecía hallarse ante una persona muy distinta. No vio ni la amable sonrisa ni la mirada de simpatía con la que le recibieran poco más de un año atrás. Este era un hombre de ojos fríos, boca amarga, gesto impaciente, que le estrechó brevemente la mano como a desgana y tomó asiento cansinamente en su cómodo sillón sin esperar a que lo hiciera él en la escuálida silla que le tenían preparada. El escritor tuvo un mal presentimiento, pero se esforzó por alejarlo de su mente. Sacudió lentamente la cabeza. También los editores eran personas. Tenían vida personal, derecho a un mal día. Aguardó, expectante, a que el otro tomara la palabra y le transmitiera las buenas noticias.

—Me temo que no tengo buenas noticias— comenzó el editor, sin embargo, para su sorpresa. Hablaba sin mirarle a los ojos, mientras jugueteaba, en apariencia despreocupado, con un afilado lápiz. El editor suspiró, de un modo que al escritor le pareció fingido, con marcado hastío, y continuó hablando, con cierto fastidio—. Por desgracia, las ventas no han ido como esperábamos.

Ahora sí, ahora le sostuvo la mirada, una mirada acerada, de reproche, casi cruel, que hizo que el escritor se estremeciera en su silla. El editor siguió hablando, las palabras saliendo de su boca como serpientes enroscadas, siseantes, cada una de ellas un ataque al escritor y a su escrito, a su bello texto, al hijo de su mente y de su alma.

—Su novela parecía muy prometedora, pero finalmente no ha gustado nada al público —concluyó el editor—. Absolutamente nada. Nadie lo lamenta más que yo, desde luego.

Y entonces, y al escritor le pareció detectar algún placer en las palabras del editor, llegó el ataque final, el golpe de gracia.

—Se han vendido un total de tres ejemplares —le informó el editor—. Un completo fracaso —sentenció.

El editor hizo una breve pausa para permitir que sus palabras produjeran el efecto deseado y a continuación metió la mano en el bolsillo de su caro traje de diseño, sacando tres brillantes monedas que arrojó casi con desprecio sobre la mesa que los separaba.

—Como derecho de autor, le corresponde la cantidad de 2,70. Seremos generosos. Redondearemos en su favor. Aquí tiene, le doy 3.

Las monedas rodaron por la cara mesa de madera, el escritor las observó mientras giraban en torno a sí mismas y caían por fin, acusadoras, mostrándole con burla su ínfimo valor. Alzó la vista. El escritor era un hombre inteligente, pero sobre todo se tenía por muy perceptivo y así fue capaz de detectar el destello del triunfo tras la mirada de indiferencia del editor.

—Se han vendido un total de tres ejemplares— oyó el escritor de nuevo en su mente, ligeramente aturdido.

Él mismo había comprado veinte en la pequeña librería de la esquina, pagándolos de su bolsillo, para regalar a los amigos y para ayudar al viejo librero que siempre había creído en él. Miró, confundido, al editor, después contempló el suntuoso despacho en el que se hallaba y, de repente, comprendió. El traje de diseño. La manicura. La mesa de madera de roble. La pesada alfombra. Los cuadros de las paredes, reproducciones sin duda originales. Comprendió el por qué del éxito de la editorial *Universo*.

Más calmado, miró al editor a los ojos y sonrió, profundizándose su sonrisa cuando detectó un atisbo de temor en la mirada del otro. Se reclinó hacia atrás en su pobre silla. Ambos habían comprendido que, de un modo u otro, disfrutaría de los beneficios que había generado su novela, cobraría lo que le correspondía.

No en vano era el autor del éxito editorial "Cómo cometer un asesinato y quedar impune".

847 palabras, abril 2015.

3 *Risas*

Tu risa es cruel.

No ríes demasiado. Tu gesto más habitual es adusto. Pero todo cambia cuando decides liberar tu risa. Es imposible no detenerse, sobrecogido, a vivirla, perderse en ella hasta olvidarse de uno mismo para simplemente atender ese eco poderoso que aturde los sentidos.

A veces me falta la respiración. Contengo el aliento, se van acelerando poco a poco los latidos de mi corazón, y contemplo con pavor tu boca ensanchada capaz de producir sonido tan aterrador que embriaga. Quienes se encuentran a tu alrededor sonríen, quizá suelten leves carcajadas, se contagien de tu fuerte cacareo, pero nadie ha podido nunca imitarte. Eres, tu risa es, siempre, el centro de atención, eclipsando a cualquier otro, persona u objeto, que se encuentre por allí.

Pero tu risa es cruel.

No es fácil de provocar. No surge de forma espontánea, en un momento de felicidad. No es producto de tu alegría, de tus ganas de vivir, nace de un momento de placer inesperado. Sólo la fecundo yo. Siempre yo.

Aquella vez, ¿recuerdas?, que tropecé, caí y se me abrió una brecha en la frente. Sangraba profusamente, y tú reías. O aquella otra en la que la silla resultó demasiado inestable para mi peso y ambos nos desparramamos en el suelo en una mezcla inseparable de extremidades de carne y madera. Tus risas fueron atronadoras y me acompañaron mientras me entablillaban el brazo roto. Y esa otra ocasión en la que confundí sal y azúcar y, tras observarme expectante y, sin que se te ocurriera avisarme, tus risas sazonaron mi café y compusieron la melodía de mis arcadas. O también aquel momento, no lo habrás olvidado, en el que, distraído, hice una observación inadecuada, erré las palabras, mi comentario fue incoherente y brotó de ti una carcajada atronadora... Mis caídas. Mis confusiones. Tus risas.

Soy tu bufón. Te ríes de mí, nunca conmigo. Tu burla me acompaña siempre. Tu risa, te repito, es muy cruel.

Pero sin ella no sabría seguir. Esa es mi vida, oírte reír.

*

—¡Vámonos! —ordenó ella secamente, dirigiéndose a la salida, sin volver la vista atrás. Había despertado de un humor pésimo y su rostro lo denunciaba: Piel cenicienta, ceño desagradablemente fruncido, y profundas arrugas que afeaban su frente. Sacudió la cabeza con impaciencia, mientras aguardaba al inútil de su marido.

El hombre de aspecto insignificante se puso en pie lentamente. Se detuvo un momento y miró hacia abajo, contemplando su atuendo con cierta duda. Había tenido mucho cuidado en calzarse un zapato distinto en cada pie. Sonrió, satisfecho. Aquel día habría risas.

Y entonces, más animado, se puso en marcha para seguir al amor de su vida.

442 palabras, abril 2015.

4   El plan

El día del primer aniversario de la muerte de su hija, Alicia, repentinamente, supo qué tenía que hacer.

Lo supo aún antes de abrir los párpados, yaciendo todavía en la semipenumbra de su dormitorio, despertando al roce de los tímidos anuncios de lo que más avanzado el día sin duda se convertiría en un sol abrasador. Simplemente despertó y lo supo.

Hasta entonces había pasado los trescientos sesenta y cinco días que la separaban de lo que consideraba la desaparición de todo lo que ella había sido alguna vez meramente vegetando, anulada su capacidad de pensar, por supuesto la de sentir, realizando una serie de movimientos mecánicos que lograron engañar a los demás con una ficción de normalidad. Como si ésta pudiera existir tras la muerte de un hijo.

Apartó la fina sábana con la que no era consciente haberse cubierto la noche anterior, y permaneció unos segundos más allí tumbada, inmóvil, tomando consciencia de su corporeidad por primera vez en un año. Se sorprendió al comprobar que llevaba puesto un pijama de felpa totalmente inapropiado para aquella estación, que además no reconoció como propio. Estudió atentamente las mangas, que se ensanchaban en la muñeca, de un tono verde tan intenso que le parecía poder oler a hierba recién cortada. Siempre había odiado el verde. Sin embargo, era el color favorito de Laura.

Tomando un impulso repentino, y sin haberlo decidido antes de forma consciente, se incorporó y se sentó en el borde de la cama. Sus zapatillas de verano, las de siempre, chancletas más propias para pisar una piscina que un suelo de mármol, la esperaban perfectamente alineadas. Por un absurdo instante le pareció detectar la impaciencia de aquéllas por ver deslizarse sus pies por su rugosa superficie y romper esa simetría estudiada que no les era propia. Alicia nunca había sido metódica ni ordenada. Y encontrar sus zapatillas una junto a otra se le antojó algo extraño. Debía de ser la primera vez.

Se las calzó, notando el tacto acostumbrado en la planta de sus pies, con una urgencia repentina por abandonar aquel dormitorio en el que ahora se sentía secuestrada y, sin dudar, se encaminó con paso acelerado hacia la cocina. No recordaba cómo habían sido sus despertares, todos los demás, en el año que acababa de dejar atrás, pero probablemente ningún otro día la había visto cruzar el espacio situado ante la habitación que había sido de Laura con tanta seguridad. No necesitaba ver nada de lo que ésta contenía para recordar, pues había capturado la imagen de aquel refugio privado de su hija de forma permanente para su memoria mucho tiempo atrás, en los primeros terribles instantes que siguieron a su desgracia. Tampoco la temía ya. Ahora contaba con un objetivo.

Se acercó al mueble situado sobre el fregadero y lo abrió para alcanzar una taza. Lo que sí necesitaba, urgentemente, era un café, no para despertar, pues se sentía totalmente alerta, sino para poder ir rumiando en su mente, darle una forma más definida al plan que acababa de gestarse en ella. Dudó por primera vez cuando tuvo ante sí toda aquella porcelana que recordaba caóticamente dispuesta ahora ordenada a la perfección. En primera fila, destacándose de entre las demás, llamando su atención, el enorme tazón que Laura se había traído del viaje fin de curso de Londres, un sonriente rostro anaranjado, logotipo deforme y barrigudo de la marca de chocolatinas m & m´s, único recipiente que su hija aceptaba para tomar su desayuno. La taza no había perdido su sonrisa, aunque su dueña ya no estaba. Y, sin embargo, la gruesa línea que se curvaba hacia arriba le pareció menos segura que antes, menos desenfadada, menos risueña. Creyó detectar en ella una muda súplica, y, aunque debió tenerlo por absurdo en un objeto inanimado, de algún modo lo estimó comprensible. No se trataba simplemente de una taza, era más que eso. Aquel recipiente estaba profundamente impregnado de la alegría, la felicidad, la sonrisa de Laura. La echaba tanto de menos como ella misma. Intercambiaron una mirada de profunda comprensión, y, a continuación, la rescató del estante.

Sujetándola firmemente con ambas manos en un gesto protector, la acercó la mesa, donde la depositó con suavidad, mientras buscaba la leche en el frigorífico. Una botella de marca desconocida que no recordaba haber comprado. No la única que insistía en tomar Laura, otra, una cualquiera, indiferente cuál si no era la adecuada. Tomó nota mental de no permitirle a aquella invasora establecerse allí de forma permanente.

Llenó la taza, que aguardaba, impaciente, el frío líquido, retiró la silla, que era la suya, la que ocupaba siempre y se sentó, renunciando repentinamente al café, que no le pareció apropiado para la taza de Laura. Sonrió mientras tomaba la leche a pequeños sorbos, la mirada fija en la tabla de la mesa, de un color morado intenso. Había sido la última vez en la que el entusiasmo de Laura la había hecho ceder en una adquisición que ella misma consideraba extravagante. La última vez antes de morir. La mesa resultaba fuera de lugar en aquella minúscula cocina de sobrios azulejos color topo, y, a la vez, no lo estaba.

Se tomó su tiempo mientras ingería su desayuno líquido, el primero que disfrutaba en meses, el primero que recordaba de forma consciente, examinando aquella cocina como si la viera por primera vez, rastreando en ella las huellas de su hija muerta.

Los imanes en el frigorífico, que, detenidos en el tiempo, contaban los días que restaban para el inicio de las esperadas vacaciones de verano. El impresionante horno de última generación que había insistido que adquirieran para los bizcochos y galletas de elaboración casera, después de leer en alguna parte lo nocivos que pueden resultar ciertos conservantes. La pizarra en la que se dejaban mensajes cuando no coincidían sus horarios. Lamentó verla vacía ahora, borrado todo rastro de la cuidada ortografía de Laura. Desocupada estaba también la silla frente a ella, el lugar de Laura, otro objeto lleno de añoranza que le lanzaba mudas preguntas a las que no podía responder.

Suspiró, apuró el resto de la leche de la taza, se puso en pie tras arrastrar la silla hacia atrás, y colocó el recipiente en el fregadero. Era ya hora de comenzar, de ponerse en movimiento. Advirtió, desde arriba, la sonrisa torturada de la pieza de porcelana, ahora vacía de contenido, lastimosamente solitaria, prisionera en aquella cuadrícula de acero como ella lo había estado en lo que hacía mucho había sido un hogar. Decidió sacarla de allí y llevársela consigo. Liberarla, como ella se liberaría. Cubrió cuidadosamente el asa con dedos firmes de su mano derecha y se dirigió hacia la pequeña habitación que les había servido de despacho, habitación de estudio o trabajo, según quién la usara.

No se detuvo a mirar en qué estado se encontraba, si quedaban en ella aún libros, apuntes, cuadernos de Laura, eso quedaría para más tarde, no podía permitirse distracciones en este momento. Se acercó, como atraída por un imán, al ordenador portátil que descansaba sobre el escritorio, la tapa ligeramente alzada, sin duda esperándola. Esbozó una sonrisa que la taza le devolvió, esta vez más segura. Pondría en marcha su plan, ahora.

Pulsó un botón y un zumbido, suave, pero irregular, anunció la puesta en marcha del ordenador. El ventilador del portátil fallaba a veces, expresando así su protesta por el esfuerzo obligado a realizar. Alicia frunció levemente el ceño, esforzándose por no caer en la irritación que podría empañar la imposible paz que sentía desde que despertara aquel día. Apartó todo pensamiento perturbador de su mente y se concentró en lo que la había llevado hasta allí: su plan. Al viejo ordenador portátil, herramienta indispensable para llevarlo a cabo, ya lo haría arreglar, cuanto antes, una vez cumpliera con su obligación más inmediata. Formuló una muda súplica para sus adentros, rogando que no le fallara precisamente ahora.

Y, por algún extraño motivo, tal vez porque su plan era menos producto de su mente que diseñado por un destino desconocido, pero superior a ella, también aquel objeto, como todos los demás que había utilizado aquella mañana, se mostró de su parte, decidiendo obedecer sus órdenes para facilitar su plan. Tras un tiempo de espera que se le antojó algo más largo de lo usual, pero no tanto como para que pudiera llegar a angustiarse por ello, el viejo ordenador se decidió al fin a mostrarle lo que tan celosamente guardaba en su interior y le ofreció su bienvenida con una alegre leyenda:

Bienvenidas Alicia y Laura. ¡Hoy será un día maravilloso!

Alicia no se detuvo a pensar en la veracidad del mensaje que su hija había insertado mucho, demasiado, tiempo atrás. Recordaba perfectamente aquel momento, y sabía que si se esforzaba un poco vería ante sí la imagen de Laura, la cabeza ladeada, ensayando una bienvenida tras otra, decidiendo cuál de ellas resultaría más apropiada, más divertida, más reconfortante. Traería de nuevo ese instante a su memoria, pero no ahora. Con una seguridad que hacía más de un año que no sentía, serena, concentrada al máximo, Alicia tecleó rápidamente enlaces, abrió páginas e introdujo contraseñas que conocía pese a no haber sido creadas por ella misma. Una madre tiene sus métodos.

Cuando se encontró en el lugar que necesitaba ignoró los cientos de mensajes de pésame, las imágenes de flores, corazones y ositos seleccionados por los amigos de su hija para dar expresión a su dolor y buscó en la agenda de Laura su propia dirección de correo electrónico. No es que la hubiera olvidado, su mente no se había deteriorado hasta ese punto, pero así es como solía hacerlo su hija. Y el desarrollo de su plan tenía que ser perfecto.

Esbozó un par de frases, un armazón simplemente, una estructura sobre la que se sostendría lo que tenía pensado, los cimientos de su plan, sus dedos acariciando sólo el teclado, posándose vaporosos sobre las diferentes letras con suavidad de libélula, seleccionando por sí mismos casi aquellas que necesitaban para componer su mensaje. Nada especial, pero aquellas palabras guardarían una trascendencia grandiosa aún en su insignificancia.

-Hola mamá, soy Laura. No he podido acceder al correo electrónico hasta ahora. ¡Tengo muchas cosas que contarte! ¡Ni te imaginas! ¿Tú cómo estás? Te echo mucho de menos.

Cuando terminó de escribir pulsó la pestaña que enviaría aquellas breves frases a la destinataria elegida – ella misma- sin detenerse a pensar, sin reflexionar sobre lo que acababa de hacer, y, a continuación, cerró rápidamente todas las ventanas. Los preliminares de su plan se habían cumplido. Sentía el corazón acelerado como tras una carrera, los latidos retumbando con tal fuerza en sus oídos que incluso anulaba el zumbido de protesta del ordenador, cada vez más intenso.

Se mantuvo a la espera, como en trance ahora, manteniendo la mente completamente en blanco, con la mirada vacía. Tras unos instantes que podrían haber sido breves o también eternos, confundiéndose aquí el tiempo, la taza que aún descansaba sobre la mesa pareció profundizar inexplicablemente su sonrisa atrayendo su atención y, como si aquello fuera la señal que estaba aguardando, Alicia, despertando de repente de su extraño sopor, se la devolvió ampliamente.

Con una energía desconocida en ella abrió pestañas de nuevo, y, con creciente impaciencia, temblorosos ya los dedos, accedió a su propio correo electrónico para examinarlo, expectante, conteniendo el aliento, como si al respirar pudiera ahuyentar lo que ansiaba ver en la pantalla más que nada en el mundo.

Pero sus temores fueron en vano. Allí estaba. Un leve grito de placer brotó de lo más profundo de su alma. Sí, allí estaba. Un mensaje de Laura. ¡Al fin, después de tanto tiempo, un mensaje de Laura! Presa de una gran agitación, la dominó la urgencia por saber, por conocer qué tenía que decirle su hija. Leyó aquellas escasas frases, ávidamente, modulando con labios ansiosos cada una de las palabras, una y otra vez, hasta que las hubo memorizado y las dominaba como si las hubiera escrito ella misma. Y, a continuación, con una ancha sonrisa y un profundo suspiro de felicidad, deslizó de nuevo sus dedos sobre el teclado, bailando alegremente entre las letras, iniciando así lo que sería una larga correspondencia con aquella hija sin la cual vivir no le era posible.

2048 palabras, agosto 2013.

5 La historia

—La niña también quería jugar y se lo pidió a los demás. No la dejaron participar. Se fue a casa triste. Era ciega —leyó el alumno su redacción.

A la historia se le escapó una lágrima. Sí, esa era ella. Lo era y a la vez no, ella se sentía mucho más que esas pocas frases. Cabizbaja, atendió a lo que tenía que decir el profesor.

—De acuerdo —concedió este, tras dudar un poco, dirigiéndose con suavidad al alumno cuyo rostro revelaba impaciencia y aburrimiento-. Esa podría ser una buena historia. Pero, ¿podríamos decir algo más?

La historia alzó su mirada y contuvo el aliento, esperanzada. ¿Y si, tal vez…?

—¿Algo más? —resopló el alumno, sin disimular su interés por lo que sucedía tras la ventana. Allí se jugaba a la pelota y aquello resultaba sin duda mucho más divertido que el taller de escritura a cuya asistencia le obligaba su madre—. ¿Para qué algo más? Fue eso lo que ocurrió.

La historia bajó la cabeza con desánimo. Se sentía de lo más insignificante.

El profesor cabeceó ligeramente.

—Fue eso lo que ocurrió, de acuerdo, pero vamos a imaginárnoslo mejor. ¿Qué me dices de esa niña? ¿Cómo era?

La historia volvió a alzar la cabeza y miró al alumno con curiosidad. Sí, ¿cómo era la niña? También ella deseaba saberlo.

El alumno manoteó con apatía y se encogió de hombros.

—Pues no sé, una niña. Ciega, ya se lo he dicho. Lo pone ahí —añadió, señalando el papel cubierto con la irregular caligrafía.

—Ciega, ¿y qué más? —preguntó el profesor—. ¿De qué edad? ¿Era alta o baja? ¿De qué color tenía el pelo? ¿Llevaba trenzas, una coleta? ¿Un vestido? ¿Unos vaqueros?

La historia contuvo el aliento. ¡Tantas preguntas! ¿Sabría el alumno responderlas?

Interesado a su pesar, el alumno apartó la mirada de la ventana. Reflexionó brevemente. Miró al profesor con cautela, sus grandes ojos redondos atentos por vez primera.

—¡Pelirroja! —espetó, de repente—. ¡Con trenzas, sí! ¡Y un vestido de flores! ¡Con un lazo!

La historia se ruborizó por la emoción. Veía ante sí a la niña con toda claridad.

El profesor sonrió.

—Muy bien —aprobó—. Y ahora pensemos en el momento en el que ocurrió todo. ¿Era invierno o verano? ¿Lucía el sol? ¿Caía la lluvia? ¿Era por la mañana? ¿Por la tarde quizá?

—Por la mañana —asintió el alumno con seguridad, totalmente convencido.

—¿Y por qué no estaba la niña en el colegio? —inquirió el profesor.

La historia observó al alumno con curiosidad. Aguardaba con interés su respuesta. Sí, ¿por qué la niña no estaba en el colegio?

El alumno contempló el papel, concentrado. Había hablado sin pensar, y ahora no sabía qué responder. Pero tenía muy claro que la historia transcurría a media mañana, en primavera, cuando recién apuntaban las flores, con un sol incipiente, alegre, pero sin abrasar...

—¡Porque había estado enferma! —exclamó, de repente, triunfal, habiendo encontrado la solución a su problema. Continuó explicando, atropellándose con entusiasmo las palabras en su boca—. ¡La niña había estado muy enferma y por eso se había quedado ciega! ¡Había pasado en cama todo el invierno, y ahora, en primavera, salía por primera vez a la calle! ¡Y quería jugar! ¡Echaba de menos jugar!

La historia estaba fascinada. ¡Cuántos detalles! Se sentía embellecida.

El profesor intentó ocultar la sonrisa que bailaba en sus labios para no frenar al alumno en sus ideas.
—Vamos a imaginar ahora a los demás niños —propuso—. ¿Cómo eran? ¿Cuántos eran? ¿A qué jugaban? ¿Dónde lo hacían?

La historia miró al alumno, impaciente por conocer las respuestas a tan importantes preguntas.

Y el alumno recreó la escena tal como la veía en su mente, completando poco a poco la historia que primeramente había imaginado: Tres niños, varones, hermanos, uno alto y desgarbado, con la camiseta sucia y un roto en el pantalón, el segundo algo más grueso, más bajo, con una sonrisa de dientes torcidos, y un tercero de pelo largo, gafas de cristales gruesos, y un grano que no dejaba de tocarse en la barbilla. Recién llegados del colegio, jugaban a la pelota, en un patio con suelo de cemento, aprovechando el primer día soleado tras un largo y frío invierno, cuando llegó la niña ciega. Sabían quien era, conocían su historia y sentían lástima por ella. No la dejaron jugar porque temieron que se hiciera daño, sin ser conscientes de cuánto daño le causarían con su prohibición.

La historia aún temblaba. Se había estremecido con cada uno de los datos que había aportado el alumno, sintiéndose más y más perfecta. Le habían crecido principios y fines y pasados y futuros que harían soñar a quien, algún día, la conociera.

—De acuerdo —aprobó el profesor, ahora sí sonriendo abiertamente—. Ahora tenemos una bonita historia. Pongámosla por escrito entre los dos —propuso.

El alumno asintió con seriedad y se inclinó sobre el papel, bolígrafo en mano. Olvidados estaban los amigos tras la ventana y su pelota. Demasiadas imágenes que necesitaban salir bullían en su mente. Se había sumergido por completo en su propia historia y se sentía impaciente por verla escrita.

—Notando sobre sí los primeros rayos del sol, Marina decidió que quería salir a jugar. La larga enfermedad había dejado huellas en su rostro, no sólo la ceguera, sino una palidez que ahora se disponía a borrar... —comenzaría la historia que alumno y profesor acordarían crear. La mayor parte de las palabras las había aportado el profesor, pero la historia, toda ella, hasta el más insignificante de los detalles, había nacido de la imaginación del alumno.

La historia lloró, conmovida. Y después, enjugándose las lágrimas, se irguió, levantando la cabeza, orgullosa. Se sentía afortunada. Había encontrado lo que toda historia anhela: un escritor capaz de imaginar. Se sentía inmensamente feliz.

957 palabras, mayo 2015.

6 La culpa

Le habían advertido que la abuela estaba muy enferma, pero no se había preparado para lo que encontró cuando fue a verla al hospital.

Consultó de nuevo el rótulo en la puerta. 319, sí era aquella su habitación, pero no podía ser. Aquella no era su abuela.

La abuela era sólo anciana de nombre y por posición generacional. Ana no conocía a mujer más dinámica, vital, intensa. Incluso su forma de vestir, informal, camisetas con letreros alegres, empleando todos los colores del espectro cromático, se correspondía más a la edad de una nieta que de una abuela. Por eso aquella mujer decrépita, de rostro consumido, tez cenicienta, no podía ser su abuela.

—Si no vienes ahora, ya no la verás con vida —había lloriqueado su madre, y Ana, maldiciendo para sus adentros aquella debilidad de conciencia suya que la forzaba una y otra vez a atender a los exagerados lamentos de quien le diera la vida, había reservado el primer vuelo. Pero, por supuesto, no se lo había creído.

Cáncer. Una palabra, un concepto terrible, sí, pero hoy en día la medicina estaba muy avanzada. Cuando lo comentó con sus amigos, aquella primera noche, en el pub en el que solían reunirse después de clase, todos ellos supieron ofrecerle datos esperanzadores de personas que habían luchado contra la enfermedad, la habían vencido, y ahora llevaban una vida prácticamente normal. Su abuela era más fuerte que todos ellos. Más fuerte, sin duda, que el cáncer. Su abuela podía con eso y con mucho más.

Había viajado un par de horas lentas, agónicas, reprochándose una y otra vez su debilidad, lamentando el valioso tiempo -además del dinero- que perdería con aquel viaje relámpago y lo duro que le sería recuperarlo. Para ver a su abuela, con la que nunca se había llevado demasiado bien. Ni tampoco mal. La abuela era una presencia natural, alguien que estaba ahí, pero Ana no la sentía próxima y por tanto no le prestaba demasiada atención. Para eso estaba su madre, con su llorosa insistencia en las obligaciones filiales. La abuela vivía su propia vida, era inmortal. O tal vez no.

Se acercó despacio a la cama articulada entre cuyas sábanas se perdía una frágil figura, toda huesos y piel amarillenta. La abuela dormía, respirando ruidosamente con la boca abierta, y, sí era ella. Más allá de aquel cuerpo consumido que llevaba marcados con trazos firmes la marca de la muerte algún que otro rasgo se reconocía. Los labios finos, siempre prestos a sonreír o también a censurar. La nariz enérgica, que temblaba ligeramente cuando hablaba y que Ana para su desgracia había heredado. La barbilla ligeramente sobresaliente, que le proporcionaba un aspecto desafiante.

Ana se dejó caer sobre la silla que encontró junto a la cama, repentinamente cansada, y acercó con timidez la mano para tocar la de su abuela. Estuvo a punto de soltarla, asustada, pues sintió como si le quemara aquel tacto desconocido, como de pergamino presto a resquebrajarse, y constató, asombrada, lo pequeñas que eran, había sido siempre, las manos de su abuela, tanto, que se perdían por completo entre las suyas. Nunca lo hubiera pensado. Manos pequeñas en alguien tan grande.

La observó detenidamente. La abuela había sido una mujer dominante que había mantenido un férreo control sobre su marido y vigilaba con ojo crítico hasta la más mínima actuación de su única hija. Muy segura de sí misma, no aceptaba como válida otra opinión que no fuera la propia, había gobernado a su familia con firme, pero amigable tiranía y sin embargo era sorprendentemente correspondida por todos, excepto Ana, con adoración ilimitada. Ana respetaba a su abuela, pero no aceptaba sus reglas y por ello, dejada atrás la primera infancia en la que ambas, mujeres inteligentes, independientes, sagaces, se habían entendido a la perfección, se fue distanciando de ella más y más. Era consciente de que se trataba de un alejamiento unilateral solamente, pues para su abuela, Ana siempre había sido especial, y así como era de lo más intransigente con la hija, a la nieta se lo perdonaba todo. A esa nieta que hizo lo posible por huir de ella y su influencia, por cortar todo lazo familiar, que incluso decidió estudiar en el extranjero y que, una vez crecida, nunca se interesaba ni preguntaba por ella. Dejó a la abuela atrás, en su pasado, y la apartó de su presente y de su futuro. Hasta ese día.

Recorrió con la mirada aquel débil envoltorio que no podía aceptar que contuviera el alma poderosa de su abuela, y comenzó a sentir una insoportable angustia. El dardo de la culpabilidad la aguijoneaba de forma insistente. Echaba de menos a su abuela. No a aquel ser frágil que apenas contenía huellas de lo que ésta había sido, sino a la mujer temible que llevaba años intentando evitar. El tono firme de voz, la figura omnipotente, esa mirada dura, cargada de reproche, a la que se había enfrentado justo antes de partir. Ana recordó todas las veces que ambas habían discutido en voz alta, se habían dirigido palabras amargas e imperdonables, la madre corriendo de una en otra suplicando temblorosa la paz, y se arrepintió de haberse mantenido tan firme en su postura como su abuela, no haber cedido en sus propósitos, haber pronunciado epítetos hirientes. Era ahora cuando comenzaba a ser consciente de que no podría desandar aquel camino, nunca ya, el cáncer había eliminado toda posibilidad.

Se sintió próxima a las lágrimas, pero no se permitió llorar. Aquello sería un signo de debilidad y había aprendido hacía mucho a no mostrar flaquezas en presencia de su abuela, pues ésta utilizaba y exprimía toda imperfección de los demás para profundizar sus inseguridades. La prueba más evidente de aquello era su madre, apenas una sombra de mujer, nerviosa, insegura, asustada siempre, incapaz de decidir nada por sí misma.

Apreció de repente movimiento bajo sus manos y alzó la cabeza, que había mantenido baja para intentar serenarse. La abuela había entreabierto los párpados, que temblaban por el esfuerzo como llenos de gelatina. La mirada antes azul aparecía ahora turbia, pero aún así Ana supo que su abuela la había reconocido, que sabía que quien se encontraba junto a ella era Ana, su nieta, que había llegado para verla morir.

La abuela movió despacio los labios agrietados, pero su cuerpo exhausto no le permitió expresar ningún sonido. Ana, demasiado impresionada para emitir la necesaria palabra de ánimo o consuelo, se limitó a contemplar consternada a aquella anciana moribunda que había usurpado el cuerpo de su abuela. Por fin le llegó un tenue murmullo. Acercó el oído a aquella boca sin fuerzas.

—¿Sí, abuela? —logró articular, controlándose para no mostrar temblor en su voz—. No te esfuerces. No tienes que decir nada.

Reconoció a la mujer que había sido su abuela en la determinación que mostró por transmitirle su mensaje pese a su incapacidad. Ana escuchó atentamente, aguardó hasta que las palabras quedaron dichas y la anciana enmudeció, con un profundo suspiro de agotamiento, cerrando los párpados de nuevo y cayendo en un trance a medias entre el sueño y el desmayo. Y entonces, sin quererlo evitar por más tiempo, lloró, un torrente de lágrimas la invadió, la arrolló, obligándola a apoyar la cabeza sobre aquel cuerpo exánime en busca de consuelo y todo el dolor retenido se transformó en un grito de agonía.

Con voz entrecortada, apenas audible, la abuela había tranquilizado a su nieta, cuidando de ella por última vez:

—Yo... sé... que tú me quieres. No... te preocupes.

Y mientras sollozaba como jamás lo había hecho en su vida por el doloroso vacío que acababa de ser consciente que quedaría en su vida, pero también en su alma, Ana descubrió el alcance de la sabiduría de su abuela. Porque el amor que su nieta sentía por ella, siempre había experimentado en realidad, era tan poderoso que le atravesaba el corazón y la abuela se había preocupado de que jamás se sintiera culpable por no habérselo expresado nunca.

1334 palabras, mayo 2015.

7 El jardinero

—Hace mucho tiempo que no viene —murmuró el magnolio primero (Ansar) y meció una de sus ramas más bajas para acariciar levemente el brazo extendido de su compañero al otro lado del sendero—. ¿Crees que se habrá cansado de nosotros?

El segundo magnolio (Aya) no contestó de inmediato, sino que sacudió levemente sus hojas al viento para señalar que necesitaba un tiempo para meditar la respuesta. Siempre había sido algo más lento que los demás y hubo una época en la que su vida corrió grave peligro, pues se creyó que su irregular tamaño restaría elegancia al sendero.

—Tal vez —opinó al fin, con cierta tristeza—. Cuidar de un camino de magnolios conlleva gran esfuerzo. Quizá se haya cansado de nosotros, sí. Le hemos dado mucho trabajo en el pasado, sobre todo Damu —añadió en tono de reproche, desviando la atención de sí mismo y volviendo sus ramas hacia el magnolio tercero, situado a su derecha.

El magnolio tercero (Damu) enderezó orgulloso sus ramas hacia el cielo y suspiró de felicidad mientras contemplaba satisfecho la firmeza de sus extremidades y el tono saturado de sus hojas entre jade y esmeralda. Hubo un tiempo en que éstas no alcanzaban ni un triste color musgo, y sus ramas avanzaban retorcidas y secas como brazo de olivo. Había costado mucho sufrimiento, sí, mucho tiempo de paciente y artística poda, pero el resultado era espléndido.

—¡No sólo yo! —protestó, enérgico— ¡Recordad cuando Baal fue atacado por hongos!

Los demás magnolios, que habían estado murmurando para sí una dulce melodía y bailando suavemente al compás del viento, cada uno ocupado en sus propios pensamientos, enmudecieron de repente y recordaron con horror aquel terrible momento. Habían estado a punto de perder a uno de los suyos, el magnolio séptimo (Baal), que siempre había sido un poco rebelde y terco y crecido invadiendo ligeramente el sendero, y, lo que era aún peor, hubieran podido contagiarse todos y desaparecer para siempre, siendo sustituidos quizá por algún aburrido grupo de insulsos almeces. Costó grandes esfuerzos atajar aquella plaga, semanas de paciente medicar a Baal, que por suerte era fuerte y aceptó con valentía aquel dolor aparentemente interminable hasta que logró recuperarse de aquel atroz ataque.

—¡Ya está bien! —ordenó el magnolio duodécimo (Amurru). Era el mayor de todos y por tanto poseía cierta autoridad sobre los demás—. No recordemos las dificultades del pasado— les conminó con aquella voz profunda que siempre empleaba cuando pretendía llamarlos al orden. Sus gruesas ramas repletas de anchas hojas malaquita se volvieron hacia sus compañeros en señal de reproche—. Tendrá sus razones para no venir. Siempre ha estado ahí cuando lo hemos necesitado. Volverá —afirmó con convicción, impregnando sus palabras de la certeza que le proporcionaba la experiencia de años—. Y nosotros esperaremos lo que sea necesario —atajó toda discusión.

Los demás magnolios se tranquilizaron, sintiendo la confianza instalarse de nuevo en sus brillantes savias y continuaron meciéndose al viento.

Y entonces, verdaderamente, volvió. Ansar (el primer magnolio) fue el primero en verlo, ya desde lejos, y avisó a los demás que, sin poder controlar su agitación, sacudieron sus hojas al viento, contentos. Apoyado pesadamente sobre un bastón, arrastrando un poco los pies, avanzando con paso lento e inseguro, el jardinero se acercaba, muy despacio, pero también muy feliz, a su sendero de magnolios. Las cicatrices en su rostro y su postura algo forzada explicaron su ausencia, les descubrieron el grave accidente que lo había mantenido alejado de sus verdes hijos durante todo aquel larguísimo invierno. Pero ahora que se encontraba próxima la primavera, ahora que el jardinero se esforzaba por aprender a caminar de nuevo, su primer recorrido serviría para saludar a sus hermosas criaturas. Se detuvo ante cada uno de ellos, acariciando cariñosamente con dedos callosos la rugosa corteza y llamándolos por los nombres que, mucho tiempo atrás, cuando los plantara, él mismo les había dedicado, comentó con aprobación todos los avances que descubría.

—¡Qué alto has crecido, Aya! —murmuró—. ¡Qué ramas más firmes y rectas, Damu! ¡Cuán hermoso verde en tus hojas, Enki! ¡Qué aspecto más saludable, valiente Baal!

Finalmente, tras dedicar amorosas palabras a cada uno de ellos sin olvidarse de ninguno, se detuvo al final del sendero, cansado por el agotador ejercicio, para recuperarse a la sombra de su viejo amigo Amurru, y entabló con el majestuoso árbol un mudo diálogo repleto de complicidad. Y los magnolios, que habían pasado todo el invierno añorando la presencia de su jardinero, se ruborizaron intensamente por el placer de verse nuevamente reunidos, temblaron de emoción, y la fuerza de su felicidad hizo que brotaran entre sus verdes hojas docenas de flores inmaculadas, níveas y esplendorosas, de delicados pétalos traslúcidos, que se abrieron para celebrar el retorno de su padre y amigo, mientras éste les contemplaba, sonriente.

*

Apenas unas horas más tarde pasó por allí el alcalde y, al transitar como cada día el sendero de magnolios camino del trabajo, hubo de pararse para contemplar lleno de sorpresa toda aquella exuberancia. Elevó la vista, observando aquella fusión de verdes con el resplandeciente blanco, y frunció el ceño con desagrado. A diferencia del jardinero, el alcalde no disfrutó del aquel paisaje, no pensó que la primavera se anticipaba porque había encontrado algo importantísimo que celebrar, y no escuchó la tenue voz de los magnolios. Tampoco se le ocurrió apreciar la labor que durante años había realizado su jardinero. Sacudió la cabeza, irritado, y avanzando de nuevo por el bellísimo sendero, se dijo que precisamente aquel año en el que el jardinero había estado enfermo y no había podido ocuparse de los magnolios, estos habían florecido más y mejor. Tendría que ocuparse de que despidieran a aquel hombre cuanto antes.

946 palabras, mayo 2015.

8   Margaritas

Cuando salió de casa aquella mañana para ir a trabajar Cristina se encontró con un enorme ramo de espléndidas margaritas impidiéndole el paso. Tras la sorpresa inicial las recogió del suelo con una amplia sonrisa de felicidad en su rostro y las introdujo a toda prisa en el primer florero que encontró. No iban acompañadas de tarjeta, pero no le importó.

Se pasó el resto de la mañana escasamente concentrada, sumida en la ensoñación. El fin de semana anterior había conocido a un joven agradable, interesante y muy bien parecido, habían terminado la velada –muy castamente, eso sí- en la casita con jardín, un irreflexivo capricho -una extravagancia, decía su madre-, que había alquilado allá en las afueras apenas unos meses atrás, y, bueno, ahí tenía el resultado. Desde el primer momento había sabido que se trataba de un hombre detallista y romántico. Esa forma de hablarle, de mirarla durante toda la noche... Suspiró de felicidad. Le envió a su caballeroso admirador un breve mensaje de agradecimiento a través del teléfono móvil y no se sorprendió, cuando, pocos minutos después, recibió una llamada.

Era él. Contestó con cierto nerviosismo, pero la llamada no transcurrió tal como esperaba. Él atajó los agradecimientos que Cristina quiso reiterarle con voz almibarada y esa sonrisa bobalicona propia de todos los enamorados o, más aún, de los que están a punto de estarlo, y, con prisas, pues también él trabajaba, le hizo saber en tono incómodo que enviar un ramo de margaritas, casualmente su flor preferida, en horas nocturnas para alegrarle el día desde la mañana suponía sin duda un detalle de inigualable galantería, pero, por desgracia, no podía atribuirse el mérito. No había sido él. Acto seguido colgó, despidiéndose con una vaga promesa de futuro encuentro que Cristina, distraída, ya no escuchó, habiendo perdido de repente todo interés por su galán del fin de semana. Se sentía desconcertada. Había estado tan segura...

Frunció el ceño ligeramente, pero antes de que el anonimato del ramo pudiera llegar a intranquilizarla recordó a ese compañero del Departamento de Contabilidad que solía insinuársele de vez en cuando. O más que de vez en cuando, con abrumadora frecuencia en realidad. Se había acercado a charlar un poco con ella el día anterior, y, si no estaba equivocada, en aquella conversación también se habían mencionado las margaritas... Sonrió de nuevo, segura, con más naturalidad y menos imbecilidad ahora, se atusó ligeramente el pelo, lamentó no poder comprobar el efecto en un espejo, y se dirigió a Contabilidad para agradecer el detalle, y, de paso, frenar mayores avances. Tal vez el compañero buscara a una mujer como ella, pero tenía algo de sobrepeso, un gusto pésimo para la música y manchas de grasa en la ropa. Cristina no estaba interesada.

Regresó diez minutos después con una sonrisa menos espléndida y con una ligera arruga marcándose en su frente, signo inequívoco de que estaba preocupada. El compañero de Contabilidad no había asumido la responsabilidad del ramo, aunque se había ofrecido inmediatamente a enviarle otro, mucho más impresionante, al día siguiente. Cristina había rechazado de forma mecánica aquella generosa propuesta antes de volver, muy confundida, a su mesa de trabajo.

Mordisqueándose, nerviosa, el labio inferior en un gesto que carecía por completo de sensualidad, intentó entresacar de entre los recuerdos de su mente a un nuevo candidato, pero fue en vano. No se le ocurría ninguno. ¿Y sí acaso...? Sacudió la cabeza enérgicamente, apartando el desafortunado pensamiento que intentaba extender sus gélidos y terroríficos dedos hacia ella, y decidió cambiar de género en sus pesquisas. Su amiga Marta. Sí, probablemente hubiera sido Marta, ¡cómo no lo había pensado antes! La había llamado la noche anterior para desbrozarle entusiasmada todos los pormenores de su cita, ¡tan perfecta! Seguro que le había parecido una ocurrencia divertida. Era muy propio de Marta gastar bromas. Y, por supuesto, su amiga sabía de su amor por las margaritas. La conversación había finalizado a altas horas de la noche después de repasar e interpretar cada comentario, gesto y sonrisa del acompañante del fin de semana varias docenas de veces, y Marta había tenido escasas oportunidades de encontrar una floristería que dejara unas margaritas ante la puerta de su amiga antes de las seis de la mañana, pero eso a Cristina, puesta toda su esperanza en Marta ahora, no se le ocurrió. Llamaría a Marta.

Minutos después las arrugas en la frente de Cristina se habían multiplicado. Estaba empezando a asustarse. Con dedos temblorosos comenzó a marcar un número tras otro, intentando descubrir desesperadamente el origen de sus margaritas. Contactó con su amiga Alba, que vivía en el extranjero; con una prima, lejana, pero con la que tenía una cierta amistad, por si había confundido la fecha de su cumpleaños; con una antigua compañera de estudios, cuyo número de teléfono aún guardaba inexplicablemente en la agenda; con un ex novio, al que le costó algo más localizar; e incluso, por último, a la desesperada ya, con su madre. Pero no tuvo éxito. Ninguno de ellos le había enviado margaritas. Y su madre logró arrancarle la promesa de una visita para el próximo fin de semana.

Cristina soltó el teléfono y se desplomó en su silla, todo amago de sonrisa eliminado de su rostro, que presentaba ahora una palidez casi cadavérica. Se llevó una temblorosa mano al cuello, escapando de su garganta un largo y lastimoso gemido. Tendría que afrontarlo, no podía seguir ignorándolo, su temor se había hecho realidad: Se enfrentaba a un acosador. Pensó en las margaritas, aguardando en casa pacientemente el retorno de Cristina – las veía absurdamente recibiéndola con una sonrisa cínica-. Aquella casa que, en contra del consejo de su madre, había decidido alquilar precisamente en las afueras, en las oscuras, solitarias y desprotegidas afueras... Liberó un jadeo desesperado y volvió a recoger el teléfono que había abandonado sobre la mesa para reservar habitación en un hotel. De momento, no podía volver a casa.

*

La noche estaba oscura como boca de lobo, como solía decirse, y Gema tuvo que reconocer, exasperada y a su pesar, que se había perdido. No había más que casa tras casa en aquella urbanización que parecía instalada en el fin del mundo, sin salida hacia un lugar decente a la vista. Maldijo en voz baja y golpeó varias veces el volante con la palma, furiosa. Una fatalidad adicional que sumar a aquella desastrosa noche.

Había sabido ya desde el principio que no debía aceptar la cita a ciegas que su cuñada, de forma bienintencionada, eso sí, le había preparado. Ambas no tenían el mismo gusto en materia de hombres. Al fin y al cabo, se había casado con su hermano, y... Interrumpió el pensamiento. Su hermano, con todos sus muchos defectos, era mil veces mejor que...

Gema sacudió la cabeza con decisión, negándose a recordar de nuevo a su pareja de aquella noche. La había invitado a cenar en un garito oscuro y de dudosa higiene que a ella le pareció la antesala de un burdel. La comida había sido horrible, el servicio había sido horrible y la compañía había sido más horrible aún. Cuando en los postres él desplazó disimuladamente una mano ávida hacia la rodilla de ella, Gema supo que podría salir de allí de inmediato sin preocuparse de dejar mal a su cuñada. Ni siquiera se molestó en pretextar un fuerte dolor de cabeza, excusa que tenía preparada desde casi el inicio de la velada. Una molestia que además era real.

Desplazó la vista a su derecha, hacia el asiento del acompañante, que quedaba totalmente cubierto por un enorme ramo de margaritas. ¡Margaritas! Gema era alérgica a las margaritas. Claro que su cita no podía saberlo, pero... ¡¿Quién regala margaritas en una primera cita!?

Gema giró a la izquierda en la siguiente intersección, pero nada, seguía sin encontrar la salida. Aquello se alargaría. Y aquellas margaritas estaban destrozando sus nervios. Sintió que se ahogaba, que no la dejaban respirar. No las soportaba. Aquello acabaría allí. Frenó bruscamente. Las margaritas a su lado protestaron, cayendo sobre el asiento con un fuerte salto, y liberando en venganza una mayor carga de empalagoso perfume. Gema abrió la puerta, se bajó del vehículo, se inclinó sobre el asiento para alcanzar las flores, y, una vez recogidas de allí con sumo cuidado de no dejarse atrás ni un solo pétalo, las dejó caer ante la primera puerta que encontró. Inmediatamente se sintió liberada. Se detuvo a mirarlas un instante y cabeceó con aprobación. En el fondo eran bonitas. Quizá a quien habitara aquella pequeña casa de las afueras le gustaran. El jardín parecía cuidado. Probablemente el dueño fuera amante de las flores.

Satisfecha, tanto por haberse deshecho de las margaritas como por haber realizado una buena obra, subió de nuevo a su vehículo para buscar la salida de aquella urbanización fantasma. Cinco minutos después la encontró. Sonrió. Dejar las margaritas le había traído suerte. Podría dejar atrás el recuerdo de aquella noche.

1489 palabras, mayo 2015.

9   *6.28 de la mañana*

Lunes, 6.28 de la mañana. Pedro despierta bruscamente. No ha de ponerse en marcha hasta las ocho, no suele ser madrugador, y posee un ritmo de sueño sano. Ignora por qué se ha desvelado. Su corazón late a toda velocidad. No recuerda qué ha soñado, si tal vez huye de una pesadilla, pero si así fuera debe de haber sido tremenda a juzgar por su estado de agitación. Agudiza el oído por si encontrara de este modo la causa de su despertar, pero no percibe nada extraño. Vive solo, por lo que si algo o alguien se mueve por allí debe de tratarse de un intruso y no precisamente bien intencionado. Piensa en levantarse e ir a mirar, pero desecha de inmediato la idea porque teme desvelarse ya del todo. Además, el silencio es absoluto y se siente agotado. El sábado ha asistido a una celebración que se prolongó demasiado y durante la tarde del domingo no ha logrado asimilar del todo el alcohol consumido. Se vuelve hacia la pared con intención de seguir durmiendo la escasa hora y media que le resta. Nada más cerrar de nuevo los párpados, sin embargo, su estado de somnolencia desaparece y las mil actividades que le esperan aquella semana invaden su cerebro, recordándole su existencia. Pedro intenta apartarlas de su mente, ya se ocupará de ellas más tarde, pero no lo consigue. Da vueltas y más vueltas en la cama. A las siete y media, resignado, y dando por perdida la última media hora, se levanta al fin, se toma un café bien cargado, se marcha al trabajo y espera que le alcancen las fuerzas para acabar bien el día.

Martes, 6.28 de la mañana. Pedro despierta bruscamente. Su corazón late de forma desenfrenada. Maldice para sus adentros. El día anterior parece dispuesto a repetirse, pero Pedro está decidido a no consentirlo. Aparta las sábanas, se levanta con gran esfuerzo, pues sigue bastante cansado, se dirige al baño, orina, acciona la cisterna, abre el grifo del lavabo, se lava las manos, ahueca la palma, bebe un poco de agua, regresa al dormitorio, cierra la ventana que permanecía entreabierta y vuelve a acostarse. Con tanta actividad cotidiana, los latidos de su corazón se han normalizado, ya no se siente agitado, pero aún así le es imposible conciliar el sueño. Los párpados se le abren sin que él lo ordene, insisten en permanecer de ese modo y Pedro se pasa hora y media mirando fijamente el techo. Cuando piensa que está listo para volver a dormirse ya es el momento de levantarse. El techo necesita una mano de pintura.

Miércoles, 6.28 de la mañana. Pedro despierta bruscamente. Su corazón parece querer salírsele del pecho.

Mira el despertador, parpadea repetidas veces para enfocar bien la vista, lo recoge de la mesita y lo sacude con fuerza. Consulta su reloj de pulsera por si el despertador estuviera equivocado. Maldice, esta vez en voz alta. Había acordado recoger a su padre a las seis para llevarlo al aeropuerto, pero el despertador no ha sonado. O Pedro no lo ha oído. Se levanta de la cama a toda velocidad, y llama a su padre mientras busca, irritado, su zapatilla izquierda, que se ha desplazado hasta un lugar inalcanzable debajo de su cama. Lleva puesta una manga de la camisa y a medio abrochar el pantalón cuando su padre responde al teléfono y le tranquiliza. Va en un taxi, camino ya del aeropuerto, todo está controlado. Pedro se sienta en la cama, derrotado, se disculpa una y otra vez con su padre, finaliza la llamada y se enfada consigo mismo. Se había ofrecido a aquel servicio porque necesitaba hablar urgentemente de ciertas desavenencias que habían surgido entre ellos. Quería disculparse con su padre. Ahora tendría que esperar a que el viejo regresara de su viaje. Tal vez aquel incluso no haya creído su historia y piense que la ausencia del hijo ha sido planificada. Aún no son las siete, pero Pedro no se plantea volver a acostarse. ¿Para qué? Ya se ha arruinado la mañana.

  Jueves, 6.28 de la mañana. Pedro despierta bruscamente. Su corazón late desenfrenado. Comienza a preocuparse. Tanto insomnio no es normal. Además, le está pasando factura. En el trabajo está desconcentrado y ha confundido varias cuestiones, ayer el jefe le llamó la atención. No descansa lo suficiente. Decide consultar a un médico aquella misma tarde.

Viernes, 6.28 de la mañana. Pedro despierta bruscamente. Los latidos de su corazón le parecen golpes de tambor. Permanece un rato más tumbado en su cama, atendiendo a ese ritmo loco. El médico no ha descubierto ninguna dolencia. Ha aconsejado unos somníferos, pero Pedro odia las pastillas. Su madre se suicidó con una sobredosis cuando él tenía doce años. Pedro se pregunta la causa de su insomnio. Hasta la fecha, no tenía problemas en el trabajo, tampoco problemas sentimentales o problemas de cualquier clase que justificasen tan intenso estado de agitación. A Pedro las cosas le iban bien. Excepto que ahora no logra dormir más allá de las 6.28 de la mañana y eso empieza a obsesionarle. No piensa en otra cosa durante todo el día. Se acuesta cada noche con temor pensando en la mañana siguiente. Y eso, cuando le quedan fuerzas para pensar.

Sábado, 6.28 de la mañana. Pedro despierta bruscamente, incapaz de controlar su corazón. Se encuentra en un estado de extrema ansiedad. El sábado no trabaja, carece de obligaciones para ese día, ha cancelado todos los planes para el fin de semana, la habitación está a oscuras y en silencio, pero sabe, íntimamente tiene la absoluta certeza, que no podrá volver a dormirse. Se siente tan cansado, frustrado, derrotado incluso, que, algo que no le ocurre desde hace años, se le escapa una lágrima, a la que poco después sigue otra más. Se pasa deprimido, medio sollozando, la mayor parte de la mañana, hasta que poco antes del mediodía decide aceptar su derrota y pasarse por la farmacia más cercana para solicitar algún potente somnífero.

    Domingo, 13.28 de la tarde. Pedro no volverá a despertar. Su corazón ha dejado de latir. El equipo de rescate logra al fin sacar su cuerpo de entre los escombros. El techo de su vivienda se ha desplomado sobre el dormitorio, las vigas estaban podridas, no han resistido la fuerza de las fuertes lluvias de los últimos días. Múltiple traumatismo con resultado de muerte. El médico consulta el reloj de muñeca de Pedro, parado a las 6.35 de la mañana y establece la hora de su fallecimiento. Sacude la cabeza con tristeza. Tal vez, de no ser domingo, Pedro hubiera estado ya despierto y hubiera podido salvarse. Sólo el dormitorio se ha visto afectado. El médico aún no ha encontrado el frasco de somníferos, aún no ha realizado la autopsia, pero estas cosas no afectarán a su dictamen. La causa de la muerte no es otra que el traumatismo. Pedro no ha despertado a tiempo, sólo unos minutos hubieran bastado. Por suerte no parece haber sufrido. En su rostro magullado aún puede apreciarse una beatífica sonrisa.

1174 palabras, mayo 2015.

10 *El examen*

Álvaro se pasó una mano por el pelo, ya suficientemente revuelto, y lo enredó aún más. Suspiró. Dejó las gafas sobre la mesa y se frotó los párpados hinchados. Consultó su reloj. La una y cinco de la mañana. Llevaba dieciocho. Se reclinó hacia atrás y estiró la espalda, realizó leves movimientos rotatorios con el cuello, entrelazó los dedos y apoyó en ellos la nuca. Un nuevo suspiro.

Se quedó mirando fijamente la pila de papeles que tenía ante sí y que le parecía interminable, como sabía que le sucedía cada año por estas fechas. Exámenes finales y trabajos. Concentrarse en ellos requería de él una energía que no poseía ya. Se sentía cansado, y no sólo físicamente.

Tras fijar la vista en un punto indeterminado ante sí unos instantes, en realidad sin ver, hizo un esfuerzo que se le antojó sobrehumano y separó de los restantes el fajo de papeles grapados que tenía más próximo. Se colocó las gafas sobre la nariz y contó mentalmente. Diecinueve. Al leer el nombre que figuraba en la portada se le escapó una sonrisa torturada. Alberto Morales. Uno de los difíciles.

Era consciente de que juzgar un trabajo antes de haberlo leído y basándose sólo en las impresiones recibidas de su autor a lo largo del curso no era precisamente justo. A veces, los chicos sorprendían, y alguien que semejaba poseer un interior seco y yermo por cómo se expresaba en clase revelaba un maravilloso jardín de ideas. Tales casos eran infrecuentes, pero no insólitos, y siempre despertaban en él una felicidad tan embriagadora, que le llevaban a revisar los trabajos que seguían después con una benévola indulgencia. Sabía que no sería el caso de lo que fuera que le hubiera presentado Alberto Morales.

Había desentrañado la personalidad del chico ya a pocos días de iniciarse el curso. No le resultaba difícil clasificar a sus alumnos tras veinte años de experiencia docente y le gustaba pensar que rara vez erraba en sus apreciaciones iniciales. Con Alberto Morales le hubiese gustado equivocarse.

Era un chico guapo, con cierto aire femenino, aunque le constaba que no era homosexual. Delicado, de facciones bellas, mirada líquida que le recordaba a la de un cachorro, impecablemente vestido y ajeno a la moda. No pertenecía a buena familia. Había conocido a sus padres con ocasión de una celebración oficial, gente humilde, sin estudios, orgullosa de ese hijo ambicioso que confiaban en que llegara lejos y llevara una vida distinta. El padre le había tendido una mano callosa sin hablar, la madre le había llevado un bizcocho casero. Álvaro era alérgico al huevo, pero no se atrevió a mencionarlo al advertir la mirada feliz de la mujer. El bizcocho ocupó un lugar de honor sobre su escritorio, como si de un jarrón con flores se tratase, durante dos semanas, hasta que cambió sospechosamente de color y Emilia lo arrojó a la basura. Aún vivía Emilia en aquella casa. Se había alegrado de la desaparición del bizcocho. Le había hecho sentirse culpable.

Alberto, ajeno a los pensamientos que su profesor albergaba sobre él, trabajaba mucho. Demasiado. Presentaba una interminable sucesión de escritos voluntarios que nadie había requerido de él para complementar su formación. Intervenía en clase constantemente, compartiendo sus observaciones con un grupo aletargado que solía recibirlas de forma apática, y, en el mejor de los casos, ignorarlas. Objetivamente parecía un alumno preparado, inteligente, motivado, el sueño de todo docente. Y, sin embargo, para Álvaro tal sueño sólo podía calificarse de pesadilla.

Sus compañeros, los demás estudiantes, no sintiéndose obligados a escuchar a Alberto ni por imperativos profesionales ni por cortesía, simplemente simulaban no comprenderle, lo cual, ahora que lo pensaba, tal vez ni siquiera suponía un gran esfuerzo de simulación. Álvaro en cambio no podía permitirse tal actitud y odiaba ver aquella mirada expectante siempre fija en él, colgada de sus labios, aguardando una respuesta reveladora a la nueva estupidez sin sentido que se le había ocurrido preguntar a aquel alumno tan problemático. Porque Alberto Morales trabajaba mucho, sí, pero se trataba de un trabajo vano, inútil, sin fundamento. Era un chico superficial y torpe que simplemente no poseía capacidades para lo que estudiaba. Ninguna. Por mucho que se esforzara.

Álvaro se acercó a la vista las hojas grapadas, observando la portada, cuidadosamente mecanografiada, temiendo casi acceder a su contenido. Sabía que elegir el tipo de letra le habría llevado a Alberto al menos un día entero. Era incapaz de comprender que hubiera sido mucho más útil dedicar ese espacio temporal a reflexionar sobre lo que quería escribir. Se quitó las gafas, limpió los cristales cuidadosamente con el borde inferior de su camiseta, consciente de que estaba intentando demorar lo inevitable, se las ajustó de nuevo y leyó.

El sufrimiento en el barroco.

A priori, no parecía un mal título, aunque demasiado amplio quizá para un trabajo de diez páginas, y, sin duda, necesitado de mayor delimitación. A cualquier otro estudiante así se lo habría señalado el rotulador verde que siempre empleaba para sugerir mejoras, pero con Alberto cualquier sugerencia en ese sentido parecía una pérdida de tiempo. Decidió no ser demasiado duro con el chico y concederle el beneficio de una duda que en realidad no sentía hasta haber leído el trabajo completo.

Pasó página y sostuvo el trabajo ante sí sobre la mesa, apoyando la palma sobre la parte posterior de la portada para mantenerla fija sobre el tablón, como evitando que se le escapara, acariciando levemente con el pulgar el margen derecho de la primera página. Tras otro titubeo, esta vez de apenas un segundo, abordó la lectura.

En este trabajo que me ha sido encomendado como prueba final para superar la asignatura voy a elegir realizar mi trabajo sobre el Barroco. El elegir este tema es porque me veo más capacitado para poder hacer un mejor comentario con un texto de un autor del Barroco que con uno de otra época, puesto que para mí, la temática del Barroco resulta mucho más interesante que la temática de otra época.

Álvaro alzó la cabeza y, sin poderlo evitar, se le escapó una risa amarga. Ahí la tenía, la prueba de la incapacidad de su alumno. Alberto Morales confiaba en graduarse este año. Sólo aquellas oraciones iniciales ya justificaban el más bochornoso de los suspensos. Álvaro recogió el rotulador verde que descansaba sobre la mesa, listo para intervenir, y lo sostuvo por encima de aquellas infames páginas con gesto amenazador, pero en su mente se coló la imagen de la madre de Alberto Morales ofreciéndole, con avergonzada sonrisa, un pedazo de bizcocho y no fue capaz de bajar aquella mano. Soltó un juramento, echó hacia atrás la silla y se dirigió al baño para despejarse, arrastrando los pies por el camino. No se preocupó por no hacer ruido. Ya no quedaba nadie que pudiera oírle.

Encendió la luz del baño y se situó ante el espejo. Contempló aquel rostro que le devolvía la mirada con ojos cansados, enrojecidos por la falta de sueño. La sombra oscura de la barbilla y los intrusos grises en su pelo antes negro no le sentaban tan mal, pero aquellos párpados hinchados denunciaban un pésimo estado de salud. Y peor estado de ánimo. A veces se sentía tentado de llamar a Emilia para pedirle la marca de aquel milagroso lápiz antiojeras que usaba. ¿Cómo reaccionaría? Hacía casi un año que no sabía nada de ella. Se preguntaba si sería más feliz sin él. No hacía tanto que él había descubierto la imposibilidad de ser feliz sin ella, pero le semejaba una pequeña eternidad.

Abrió el grifo, colocó sus manos la una sobre la otra formando una oquedad y se echó el agua recogida de golpe en la cara. Repitió la acción varias veces. Estaba sólo templada, pero aún así logró despejarse un poco. Alberto Morales. Emilia. La noche había comenzado a llenarse de recuerdos poco agradables. Y aún había que seguir. Quedaban muchos trabajos y exámenes por revisar.

Alcanzó la toalla que colgaba de un gancho al lado del lavabo y se dio leves toques en el rostro para eliminar la humedad sobrante, se miró por última vez, y en un nuevo intento por evitar lo inevitable no se dirigió a su despacho, sino a la cocina, donde sacó una taza y comenzó a prepararse un té. Un té a la una y media de la mañana.

Dormiría poco y mal, no se sentiría descansado por la mañana y se arrastraría por el día como llevaba haciendo desde hacía varias semanas.

Había tardado meses en echar de menos a Emilia, eufórico al principio por la libertad que le había proporcionado su repentina e inesperada soltería. El silencio de su hogar no le había resultado inicialmente, como ahora, opresivo y acusador, sino sólo cómodo, y el amplio espacio en su cama no una muda denuncia sino un desacostumbrado placer que había incrementado ocasionalmente conduciendo hasta allí lo que ahora comprendía que no habían sido más que sustitutas inadecuadas y pobres, muy pobres. Nadie podría reemplazar jamás a Emilia. Aquellos labios ligeramente curvados, aquellos ojos oscuros, insondables, aquel cuerpo seductor tumbado a su lado, incluso aquella hiriente súplica en su mirada de los últimos tiempos, aquella que había mudado en censura, primero, y en amarga decepción, después. La echaba de menos. Mucho. Dolorosamente. Ahogó aquel pensamiento antes de que todas sus míseras implicaciones salieran a la superficie y le asfixiaran, impidiéndole seguir viviendo.

Vertió en el agua que el microondas generosamente había calentado para él en el interior de la taza cuatro cucharas colmadas de azúcar y sonrió, esta vez sin acritud. Una tenaz oposición a Emilia, ¿o era un homenaje?. Ella siempre le había reprochado que endulzaba demasiado sus bebidas estimulantes.

—Es sirope eso que bebes, no té — solía protestar, sacudiendo la cabeza con incredulidad.

Esta noche se tomaría su sirope a la salud de Emilia.

Introdujo con cuidado un sobre de hierbas en la taza humeante y se arrastró hasta el despacho de nuevo. Emilia también odiaba aquella costumbre suya de arrastrar los pies. En el fondo, constituía una suerte que no se encontrara allí aquella noche se dijo, para animarse. Ella no vería en qué se había convertido aquello en su ausencia. La casa, el hombre al que había amado. Despojos, cavidades vacías que Álvaro sólo sabía llenar de trabajo.

Tomó un leve sorbo, con cuidado de no quemarse labios ni lengua, de pie, situado detrás de la silla, la mirada fija en su pila de papeles y después, como si aquella mínima parte de líquido le hubiese insuflado nuevas energías, sacudió la cabeza, intentando apartar perenne imagen femenina de su cabeza y se sentó, depositando cuidadosamente la taza a un lado.

Cogió el trabajo de Alberto Morales de nuevo y comenzó a leer, con el ceño fruncido, con una atención incluso mayor de la que merecían esas líneas que sabía a ciencia cierta que a su autor le habían supuesto tanto esfuerzo escribir como a él ahora desentrañar. Estuvo tentado de interrumpir su lectura en varias ocasiones, una estructura gramatical, una expresión concreta le llegaron a causar un dolor casi físico, pero apretó los dientes, tomó un sorbo de su té azucarado, y continuó persistentemente. Quería poder justificar el suspenso, estar completamente seguro de aquella denuncia de fracaso del chico, mantenerse firme cuando aquél, dolor en sus ojos oscuros, viniera a consultar el por qué de aquel juicio desfavorable. Álvaro no era inmune al dolor en las miradas ajenas. No lo fue tampoco con el dolor de Emilia. Le había atravesado el corazón como con una navaja bien afilada, pero no fue consciente de su herida hasta mucho después. Cuando ya fue tarde.

El trabajo contaba con trece páginas, lo que no le sorprendió, pues todos los trabajos de Alberto Morales poseían exactamente trece páginas. Una manía extraña del chico, que además era supersticioso. Había averiguado, no sabía cómo, que se trataba del llamado número de la suerte de su profesor y quería aprovechar aquello en su favor. Estaba convencido de que le traería suerte. Álvaro pensó, y no por vez primera, que no era la fortuna la que decidiría la promoción de Alberto, sino su incapacidad. Ningún número mágico era capaz de salvarlo. Ningún bizcocho acusador tampoco. Emilia tal vez hubiera convencido para que fuera más indulgente. Emilia, sí. Pero Emilia no se encontraba allí, no regresaría a su vida.

Ocurrió cuando casi había finalizado su lectura, en la página doce.

Hasta entonces Álvaro había avanzado línea a línea con más dificultad de la que le había causado el estudio de los clásicos más lejanos en sus tiempos como estudiante de instituto, volviendo atrás cuando no comprendía algo, releyendo despacio, dejando el rotulador verde abandonado sobre la mesa, complacido al ver cómo las páginas a su izquierda comenzaban a ser más numerosas que las que quedaban a su derecha, viendo acercarse raudo el fin de aquella tortura. Pasó la página número doce, ligeramente impaciente, cuando advirtió que en este caso el reverso de la hoja de papel mecanografiada no se encontraba en blanco.

En un principio no le prestó demasiada atención al asunto, aunque le sorprendió que el siempre cuidadoso Alberto Morales hubiera aprovechado algún documento ya escrito para su trabajo, un papel con una anotación previa, usado. Todo lo que presentaba Alberto siempre aparecía formalmente impecable, eran los contenidos los que dejaban mucho que desear. Entonces desentrañó la irregular caligrafía que le había parecido vagamente familiar y de repente sintió una mano gélida, una garra poderosa oprimirle el pecho.

En el reverso de la página doce aparecía una breve una nota manuscrita, y Álvaro se sintió aturdido al descubrir, como en una revelación, el tremendo parecido de la caligrafía. No era la de Alberto, pero no podía ser su autora aquella de quien sospechaba. Durante unos instantes fue incapaz de ejecutar ni un solo movimiento, todo él quedó paralizado menos su mente, que giraba vertiginosamente en torno a un único pensamiento:

¿Cómo...? ¡No!

Aquella breve nota le impresionó en un grado infinitamente mayor que cualquier otro texto que Alberto hubiera escrito antes y habían sido muchos a lo largo de aquellos dos años los que se había visto forzado a estudiar. Se acercó el papel a la vista, no atreviéndose a confirmar su sospecha, porque aquello era imposible, no podía ser. Y sí, si se fijaba con atención, la letra era vagamente diferente, algo más temblorosa tal vez, algo más inclinada hacia la derecha quizá, pero el parecido desde luego estaba ahí y era indudable que podría haber sido escrito por ella en un momento tenso, difícil, inseguro. Era de ella. Tenía que serlo. De Emilia. De *su Emilia.* Soltó bruscamente aquella inocente hoja de papel como si ardiera en sus dedos y se frotó con energía las manos para alejar de sí aquella desagradable sensación.

En un primer momento el sentimiento principal que le acompañó fue el miedo. Terror, incluso. La inclusión de aquella nota, ¡tan parecida!, precisamente en el trabajo que decidiría la calificación final de la asignatura, y, con ello, la promoción de Alberto Morales, tenía que ser casual, un error inoportuno, no podía ni quería imaginar otra cosa. Tal vez se tratara de una hoja de papel robada de la mesa del profesor en un descuido de este último, intencionadamente, para cumplir con un particular y complejo rito de superstición... Pero en realidad Álvaro era incapaz de imaginar de dónde podría Alberto haber rescatado aquella nota, ya que él mismo solía, en su momento, leerlas, todas ellas, para su vergüenza, sin prestarles atención apenas para arrojarlas a la papelera de forma descuidada inmediatamente después, antes de haberlas casi leído del todo, ignorando el breve mensaje transmitido que ya se sabía de memoria. No recordaba que ninguna de ellas hubiera podido completar el camino hasta su despacho en la Universidad. Por otra parte, Alberto Morales no había pisado nunca su casa, las huellas del alumno en aquel su entorno más íntimo se habían limitado a los interminables exámenes y trabajos y a un acusador bizcocho. No había tenido oportunidad de robarlas de allí tampoco.

Se acercó la taza a los labios, pero la abandonó a un lado, asqueado. Ni el té más endulzado podía dejar de resultarle amargo ahora. Alberto Morales había elegido extrañamente como reverso de su página doce unos contenidos que Álvaro conocía demasiado bien, por haberlos visto dirigido a él, de forma totalmente idéntica, infinidad de veces.

Que tengas un buen día. No llegues tarde. E.

Sin embargo, pese a la desgarradora esperanza que latía tras aquellas breves palabras, Álvaro, de forma reiterada, había vuelto a horas imperdonablemente, inexcusablemente tardías. Por ninguna causa en concreto demoraba su regreso, nada tenía qué hacer en realidad, pero en algo en su interior le obligaba a no dar cumplimiento a aquel deseo, a seguir evitando, todo lo posible, el momento de enfrentarse a esos ojos cálidos que buscaban en él algo que no se sentía preparado para dar. No, al menos, en la medida en que ella le necesitaba. O eso había creído. Si Elena estuviese aquí ahora...

Día tras día había ignorado aquellas notas, escritas, como la que adornaba el trabajo de Alberto, con redonda caligrafía femenina y bolígrafo azul. Día tras día había visto palidecer aquella mirada esperanzada, la había visto tornarse resignada. Hasta que llegó un día en el que ya no necesitó enfrentarse a ella. Elena le había abandonado. No hubo nota esa vez, ningún mensaje en aquella ocasión. Sólo su ausencia. La casa en silencio sin Elena.

Y Alberto, aquel estudiante defectuoso, imposible, a quien Álvaro despreciaba, a quien consideraba un perdedor en la vida, se había revelado, sin embargo, como un vencedor pues parecía contar con una Emilia en su vida. No cabía otra explicación. La nota era suya, de Alberto. A él aún le aguardaban, le echaban de menos, esperaban con impaciencia su regreso al hogar. Alberto no arrugaba las notas, tirándolas posteriormente a la papelera más próxima. Alberto las mantenía tan cerca, que equivocaba su destino al extender su mano para alcanzar otra hoja más para imprimir su trabajo. Álvaro vio a su alumno bajo una nueva luz y por primera vez en sus vidas en común, le respetó, incluso le admiró. Tal vez Alberto no supiera escribir, sus trabajos fueran malos, pero no podía negarse que *sabía*. Y en ese sentido era muy superior a su profesor.

Con una sonrisa cargada de tristeza, recogió el rotulador de encima de la mesa, y, sin molestarse a leer ya las conclusiones de aquel trabajo, le pareció innecesario, plantó un enorme y verde número nueve en la cabecera de la primera hoja.

—ENHORABUENA —escribió, a continuación, con letras de molde cuidadas, y, en un impulso, subrayó la palabra tres veces—. Muy bien hecho.

Y así lo sentía. Alberto Morales era un héroe. Asintió admirativamente antes de apartar a un lado el trabajo cuyos resultados sorprenderían y a la vez harían inmensamente feliz tanto a Alberto Morales como a su madre Encarna, y recogió de la mesa el trabajo número veinte. Sería una noche larga. Pero tal vez, quizá, cabía la posibilidad, de que por la mañana reuniera el valor suficiente como para llamar a Emilia. *Su* Emilia. A su lado. Como había sabido hacer Alberto.

3206 palabras, agosto 2013

11   La asamblea

Aquella noche los cuentos potenciales de un mismo escritor decidieron reunirse apresuradamente en asamblea. Necesitaban seleccionar a un representante, a un líder, alguien con el carisma suficiente como para ser el primero en atraer a los jueces y atrapar después a los desganados, pero exigentes consumidores. Se trataba de una gran responsabilidad. De aquel compañero dependería que, en el futuro, cualquier otro cuento del mismo autor pudiera ser distribuido a todos los hogares del mundo o, que, por el contrario, acabara sin más en el denigrante fondo de una anónima papelera. De él dependería la supervivencia, incluso el nacimiento de todos los demás, sólo él podía guiarlos hacia la anhelada meta del éxito. Con la terrorífica amenaza del fracaso siempre en mente, decidieron que se le ofrecería a cada uno de ellos la oportunidad de defender su candidatura como estimase conveniente, y que aquel que alcanzara un mayor número de votos partiría finalmente con la bendición de todos.

En primer lugar tomó la palabra cuento policiaco, que ya se sabía que era uno de los más atrevidos. De rasgos atractivos, pero duros, no se le podía negar que causaba un impacto bien favorable pese a lo descuidado de su vestimenta. Con la confianza que le proporcionaba su juventud y una amplia sonrisa cínica en el rostro, lamentando para sus adentros no poder prenderse un cigarrillo por hallarse en espacio cerrado, presentó con rotunda seguridad una candidatura perfectamente estructurada, apuntando sólo, pero sin llegar a revelar del todo y manteniendo así la intriga, una a una las actuaciones que tenía previstas, que, aunque pudieran parecer confusas y contradictorias a veces, no dejaron de despertar interés. Poco a poco sus descripciones fueron ganando en claridad e intensidad, eran más osadas, más violentas también, aportaron alguna que otra sorpresa a mitad de camino y sorprendieron del todo a los presentes, que atendían embelesados, conteniendo el aliento, en su impactante final. Cuento policiaco hizo una breve pausa para evaluar el efecto causado y señaló a posteriori con acierto y sin perder en ningún momento la sonrisa que, durante el tiempo que había empleado en su exposición, ninguno de los compañeros se había sentido inclinado a abandonar la sala, ni se había atrevido siquiera a apartar un solo instante su pensamiento del discurso por temor a perderse algún significativo detalle. Aquello constituía sin duda un mérito imprescindible en un cuento, y, por lo tanto, merecía el puesto. Se sentó de nuevo, seguro de su éxito.

Aunque, tras el reflexivo silencio inicial, hubo muchos murmullos de aprobación, sin embargo, también se alzaron pronto voces disidentes. Cuento navideño, en particular, se sentía un poco confuso y confesó que no había sido capaz de seguir el intrincado discurso de su compañero. Cuento moral objetó que, aunque se le debía reconocer a cuento policiaco su capacidad para atrapar al consumidor, y aquel era sin duda uno de los valores que estaban buscando, le veía incapaz de ir más allá de lo meramente efectista. Sí, ¿a qué tipo de consumidor atraería?, le secundó cuento filosófico. De todos era sabido que el público de cuento policiaco era poco instruido, poco exigente, se interesaba principalmente por la acción y la trivialidad en el contenido, huyendo, en cambio, de la calidad literaria, que debía y solía ser escasa (en este punto cuento policiaco, que había perdido su sonrisa, protestó, bien molesto, pero nadie le escuchó). Además, adujeron ambos, la extrema juventud de cuento policiaco actuaba en su contra, pues apenas podía apoyarse en la tradición. ¿Y si su presencia en el panorama literario sólo significaba una moda pasajera? ¿Cómo podían aspirar todos a perdurar en la memoria colectiva durante siglos? Cuento policíaco resultaba ligeramente intrigante, sí, pero aquello no era suficiente, para ser un líder había que aportar algo más. Los cuentos cabecearon, los convencidos persuadieron a los dudosos, y finalmente se decidió votar en contra. Cuento policíaco se recostó en su asiento, humillado y sintiéndose injustamente tratado, pero no protestó. Sabía que sería en vano. No era la primera batalla de ese tipo que perdía.

Cuento de terror, que había estado escuchando atentamente todas las críticas efectuadas a su compañero, se animó entonces a presentar su propia candidatura. Consideraba que poseía muchas de las virtudes de cuento policíaco y se sentía más que capaz de cubrir sus carencias. Para empezar, era mucho más maduro, experto, clásico, lo cual ya supondría un punto a su favor, pues alejaba la sospecha de lo pasajero de su poder de atracción.

Iba vestido de un negro riguroso, pero, a diferencia de su predecesor, sus ropas eran de corte conservador y elegantes, cuidadas, sin un hilo ni botón fuera de lugar. De elevada estatura, delgado, su aspecto era imponente. La extrema palidez de su rostro (algunos de los presentes se preguntaron si no estaría enfermo) quedaba subrayada por la seriedad de su expresión. Comenzó a hablar de su programa empleando una bien modulada voz como de ultratumba por la que era imposible no sentirse hechizado, era apenas un susurro al principio, pero el volumen subió gradualmente hasta envolver seductoramente a los presentes con la fuerza de sus palabras. En un par de ocasiones reforzó sus argumentos con gritos tan descarnados que hicieron saltar en sus asientos a los restantes cuentos. Cuento hospitalario tardó en recuperarse de aquello. En realidad, así lo pensaron muchos, lo que planteara cuento de terror les era indiferente, podría ser disparatado y difícil de creer, podría ser razonable y lógico, aquello no importaba. No eran las palabras las que convencían, sino su embriagador sonido, los cuentos temían pero a la vez anhelaban dejarse seducir por aquella impresionante voz, deseaban huir despavoridos, pero eran arrastrados hacia ella sin remedio. Se creó un ambiente opresivo en la sala, parecía faltar el aire, retenido en los pulmones de los cuentos que creían poder pasar sin oxígeno y simplemente escuchar... Hubo un momento en el que su ofuscación fue tal que sintieron a cuento de terror desdoblarse, no, expandirse, liberando efluvios en forma gaseosa que aparecían y desaparecían misteriosamente en los lugares más insospechados. Alguno que otro incluso volvió la vista atrás en algún momento, incómodo, creyendo haber sido tocado por mano invisible en el hombro.

Aquella tensión insoportable se soportó como una tortura placentera hasta el final del discurso, que fue apoteósico y arrancó un alarido de la garganta de más de uno, dejándolos a todos mareados y con el estómago revuelto. Cuento de terror miró a su alrededor, observando todos aquellos rostros descompuestos que con su lividez homenajeaban sus palabras y se sentó, satisfecho, aguardando en silencio el fallo de su jurado, que estimaba necesariamente positivo.

Al principio los cuentos se sintieron demasiado intimidados para hablar. Cuento de terror esperó pacientemente, imperturbable la expresión de su rostro, pero consciente de su poder sobre los demás. Hubieron de transcurrir varios minutos antes de que pudiera percibirse en la sala un tímido carraspeo. Era evidente que en este caso no se trataba de una moda, apuntó con titubeos cuento costumbrista, uno de los más valientes, o tal vez inconscientes, de entre todos los cuentos, y tampoco podía negarse la calidad literaria (en este punto, cuento policiaco bufó despectivamente). Igualmente se confirmaba el poder de atracción, no cabía duda alguna, pero, y ahí planteó la duda, ¿cuántos de entre los consumidores querrían leer a cuento de terror una y otra vez y repetir así la experiencia por la que todos ellos acababan de pasar?

Algunos cuentos se estremecieron con violencia al imaginar una presencia infinitamente reiterada de aquella voz poderosa en sus vidas, cuento infantil incluso lloró, de forma desconsolada, y tuvo que ser tranquilizado por cuento navideño. No, coincidieron todos de forma tácita, pero muda, sin atreverse a levantar la vista hacia el orador, cuento de terror, definitivamente, no serviría para insistir en él y, ¿no constituía aquella una virtud cardinal para un cuento? ¿No era primordial que el consumidor quisiera retornar a su discurso continuamente, volver a leerlo una vez, y otra y otra, y otra más, para que de este modo el cuento pudiera llegar a convertirse en un clásico?

Cuento de terror atraía, sabía seducir, se apoyaba en la tradición, era indudable que no pasaba desapercibido, pero los consumidores no lo recordarían con agrado. Antes al contrario, se enfrentarían a él con un temor reverencial, con una incomodidad avergonzada, con un espeluznante estremecer. Y no, no era ese el representante que estaban buscando, no era así como querían pasar a la historia. Aunque nadie se atrevió a expresar aquellos pensamientos abiertamente y en voz alta, los cuentos sabían que todos ellos coincidían en esas apreciaciones. Cuando cuento histórico, emocionado por lo de "pasar a la historia" propuso valientemente una votación, los demás le secundaron con un suspiro de alivio, se manifestaron de forma balbuceante, pero decidida, en contra del liderazgo de cuento de terror, y se sintieron inmediatamente reconfortados. Cuento de terror no mostró ningún signo de emoción en su rostro, pero cuento policiaco no pudo evitar una pequeña risita burlesca de satisfacción al comprobar el fracaso de su compañero.

El discurso de cuento de terror había sido, sin embargo, tan poderoso, que muchos cuentos renunciaron directamente a mostrar sus méritos ante los demás. Se sentían inseguros. Cuento de humor pensó que su menguante efecto en una repetición le invalidaba como candidato, cuento de ciencia-ficción temió ser rechazado por su juventud, cuento infantil se sentía aún demasiado aterrorizado para hablar, cuento deportivo se preguntó si sería capaz de despertar un interés tan universal como el de sus compañeros. Transcurrieron unos instantes incómodos, el silencio se prolongó, los cuentos comenzaron a revolverse en sus sillones, pensando que tal vez no encontraran nunca a alguien dispuesto y capaz para representarles, hasta que, finalmente, tras sopesar muy bien todas las opciones, decidió alzar su voz armoniosa cuento de amor.

Peinando canas, todo él vestido de blanco, de rostro amable y agraciado, su mera presencia sirvió para tranquilizar ya del todo a los demás, que se curaron de su estado de ansiedad de inmediato. Cuento de amor era uno de los mayores y por ello poseía muchos nombres, cuento sentimental, cuento romántico, cuento rosa, ¿qué importaba cómo se le llamara cuando lo verdaderamente definitorio de un cuento era su interior?, dijo, con un gesto indiferente de su mano, e inmediatamente todos le regalaron la mejor de sus sonrisas. Cuento romántico contaba en su favor el poseer buenos contactos con la poesía, a la que, en un momento dado, podría recurrir en busca de ayuda y consejo. Sus palabras se notaban exquisitamente seleccionadas, poseían una belleza intrínseca, etérea, delicada, llevaban a los corazones a ensancharse y fijaban la alegría más sincera en los rostros de los consumidores. El impacto que causaba en los demás perduraba tras su silencio, a veces incluso durante años y años, era agradable de memorizar su propuesta, generosamente recordado, el mundo parecía mejor y más feliz tras acercarse a él, y creaba en los demás la necesidad de hacer el bien.

A medida que hablaba los cuentos se acercaron a cuento policiaco para disculparse por haberle ofendido antes con sus comentarios, demasiado duros, y le dieron suaves golpecitos en la espalda para animarle (Cuento hogareño hasta se ofreció a plancharle el traje). Aunque nadie se atrevió a consolar a cuento de terror, las miradas que le dirigieron eran menos temerosas y más solidarias. Cuando cuento de amor terminó de presentarse, la sala les pareció brillante y luminosa y todos los presentes sonreían, dichosos. Descubrieron de repente cuánto estimaban a cuento de amor, no, a todos los cuentos. Cuento filosófico se abrazó a cuento navideño, cuento histórico suavizó sus rasgos, cuento gastronómico ofreció a los demás sus muchas exquisiteces y hasta cuento policiaco dejó de estar enfurruñado y se acercó a cuento de terror para consultarle algunos puntos que le habían parecido interesantes en su programa. La cuestión parecía decidida, cuando intervino de repente cuento erótico.

Era imposible no reparar en ella. Cuando se colocó frente a los demás casi no necesitó hablar, pues su mera presencia los hizo enmudecer a todos, los dejó boqueantes y temblorosos, aunque de un modo bien diferente al de cuento de terror. Llevaba un traje que no era traje, un vestido que no era vestido. Las confusas mentes de los cuentos sólo alcanzaban a registrar una difusa presencia textil intensamente roja que apenas llegaba a cubrir un cuerpo de curvas espectaculares que no se podía dejar de recorrer con la mirada, como si de un circuito automovilístico se tratase. Cuento erótico no tenía edad, o no importaba su edad, pero era imposible pensar que formaba parte de una moda que no perduraría. Perduraría, ya lo creo que perduraría, continuaría, persistiría, se perpetuaría y permanecería presente en ellos durante todas las eternidades posibles.

Habló ella despacio, avanzando muy, muy lentamente en su objetivo, y, aunque en realidad los presentes ya sabían de antemano a dónde quería llegar y qué les mostraría al final, la mera anticipación del cómo transcurriría todo aquello les resultaba tan deliciosamente placentera que desearon permanecer para siempre en ese maravilloso camino hacia la meta y casi ansiaron no vivir nunca el fin de aquel discurso. Cuento erótico poseía una suave voz ligeramente gutural, pese a que no había fumado nunca, con un toque somnoliento, no podía calificarse estrictamente de atractiva, pero resultaba de lo más tentadora y sugerente. Presentaba una propuesta en realidad simple y bien conocida por todos, pero empleando una imaginación sorprendente y exquisita que les hizo creer que vivirían algo totalmente nuevo. Empleó palabras bien sonantes y sensuales que todos atesoraron, porque ansiaban rememorarlas una y otra vez. Cuando finalizó su discurso con un pequeño suspiro de satisfacción, los cuentos cerraron los ojos para paladear aquel indescriptible momento, sumergirse en él y perderse del todo en lo escuchado, repitiendo el discurso completo en sus mentes de forma literal a fin de disfrutarlo de nuevo. Se preguntaron, ávidos, ansiosos, estremecidos, si no podrían poner en práctica todo aquello que habían escuchado más tarde, en la intimidad de sus hogares y estaban deseando olvidarse de aquella aburrida asamblea. Olvidado estaba también cuento de amor, que pareció de repente demasiado austero, aburrido, pobre en su propuesta, bonito sí, pero a todas luces insuficiente, olvidados estaban cuento policiaco y cuento de terror, sí, incluso se olvidaron de sí mismos, pareciéndoles a todos ridículas sus propias candidaturas. Nadie podría competir con cuento erótico. Nadie podría alcanzar aquel impacto. Atraía sin remedio sin utilizar la intimidación. Era imposible sustraerse a su poder. La contemplaron con admirativa adoración y se dispusieron a votar un rotundo sí.

Pero entonces cuento infantil lloró, una vez más, en esta ocasión frustrado, pues no había comprendido nada de lo expuesto, y de algún modo se rompió el hechizo. Varios cuentos, aún con el rostro arrebolado, se avergonzaron de sus impúdicos pensamientos, y cuento religioso, que parecía hervir de indignación en su asiento, aprovechó para protestar de la forma más enérgica por los contenidos de cuento erótico. Él mismo, insistió de forma rotunda y vehemente, jamás aceptaría ser representado por... aquella, insistió, incapaz de pronunciar el pecaminoso calificativo, ofensivo para él, elogioso para el resto, que cruzó su mente. Cuento navideño, menos crítico y más conciliador que su compañero, no llegó al insulto, pero estuvo de acuerdo con cuento religioso, y, aunque en su interior los demás disentían y apoyaban claramente a cuento erótico, por quien sentían mayor simpatía y cuyas virtudes reconocían, cuento religioso era el más anciano de todos ellos, y al que más respetaban los demás, era imposible llevarle la contraria. También era tozudo e intransigente (y no muy inteligente, como pensaba cuento científico, pero ya que tenía sus propios problemas, no estaba dispuesto a ponerse en peligro abrazando abiertamente la causa de cuento erótico) y los cuentos sabían que, por mucho que se esforzaran, jamás le convencerían para que fuese tolerante con la propuesta de erótico. Es más, tras escucharle, se avergonzaron un poco de haber sido débiles y haberse dejado arrastrar por un discurso que tal vez fuera algo dudoso... Pero atractivo, ¡uff, cuánto!

De modo que cuando se sentó cuento erótico, con un profundo suspiro entre resignado y triste, revelando partes ignotas de su espectacular cuerpo, los restantes cuentos la siguieron con miradas anhelantes, pero, acobardados por cuento religioso, no se atrevieron a apoyarla. Alguno que otro se prometió realizarle una visita secreta más tarde, pero en aquel momento, en público, enmudecieron todos. Cuento religioso, orgulloso de su poder invicto, sus labios convertidos en una fina línea de reproche, aguardaba con la cabeza bien alta, convencido de ser propuesto a continuación como solución ideal, pero eso no sucedió. Los cuentos se sentían subyugados, pero no eran completamente estúpidos (cuento literario pensaba que cuento de humor sí lo era, pero estas rencillas internas no vienen ahora al caso). Las mentes de los cuentos aún no se habían recuperado del efecto que había ejercido sobre ellos cuento erótico, en realidad no lo habían hecho ni las mentes, ni los cuerpos. Se habían sumergido en sueños imposibles de los que necesitaban despertar despacio. Pero no iban a sustituirlo por cuento religioso. Y ya ninguno veía un candidato claro que pudiera ser del agrado de todos.

En ese momento se alzó, de entre las últimas filas, alguien que hasta entonces poco había destacado entre ellos. Era joven, muy joven, y en realidad no pertenecía del todo al grupo. Se trataba de una especie de advenedizo, pero lo habían invitado igualmente, pensando en él más bien como aprendiz, como espectador, que como miembro real y con voto de aquella asamblea. Era microrrelato, un joven bajito, pero robusto, de aspecto insignificante, pero a la vez inolvidable. Microrrelato se puso en pie, decidido y dijo con voz clara y concisa:

—Me presento.

Nada más. Y se sentó de nuevo.

Sorprendidos, los cuentos apartaron de su pensamiento a cuento erótico, dejando aquello para después y, repentinamente sacudidas todas sus fibras nerviosas por aquellas dos palabras, atendieron la propuesta. La repitieron en sus mentes una y otra vez, reflexionando seriamente. Cuento policiaco le vio cierta intriga a aquellas palabras inciertas y equívocas, cuento de terror un cierto e inequívoco tinte amenazante. Cuento romántico se emocionó con el amor que se ocultaba tras aquel ofrecimiento, cuento erótico imaginó un mundo lleno de explosivas posibilidades. Incluso cuento navideño evocó a partir de ellas la noche más festiva del año y cuento filosófico se emocionó por la profundidad del discurso. Todos le vieron un matiz interesante. Se trataba, así lo comprendieron, de la candidatura perfecta, un discurso con multiplicidad de posibilidades, apto para el recuerdo, para convertirse en un clásico, para ser consumido de forma masiva, dada su brevedad, incluso por el más reacio de los lectores. Con una amplia sonrisa, todos se alzaron al unísono, aclamaron a microrrelato como su líder y le dedicaron un aplauso atronador.

3136 palabras, mayo 2015

12 *El funeral*

Y llegó el momento en el que hubo que asistir al funeral del tío Ambrosio. El tío Ambrosio hubiera cumplido 108 años en el mes de mayo, pero nadie le hubiera echado más de 94. ¡Qué bien se conservaba el tío, parecía envuelto en manteca! Bueno, se había estado conservando. Ahora la manteca parece que se había derretido.

Pese a su edad, su fallecimiento sorprendió a todo el mundo. El tío Ambrosio nunca había estado enfermo. Se le creía ya eterno, inmortal, siempre había estado allí, siempre permanecería, y supuso un golpe muy duro comprobar que en el futuro ya no. Era como aquellas fotografías antiguas en blanco y negro, o, mejor aún, en sepia, que todos guardamos en ese cajón atascado de aquel mueble del salón que siempre nos proponemos cambiar: no recordamos muy bien quién es el inmortalizado, ni tampoco si es familia de él o de ella, pero si arrojáramos a la basura aquel retrato seguro que faltaría algo esencial en nuestras vidas. El tío Ambrosio era un pariente con el que se tenía una relación familiar difusa, pero imprescindible.

Era el punto de referencia perfecto para todo. Podíamos decir: ¡Tengo más arrugas que el tío Ambrosio! En realidad el rostro del tío Ambrosio no presentaba arrugas apenas, pero pocos recordaban cuál era su aspecto. O también se podía exclamar: ¡Eso sería en los tiempos del tío Ambrosio! Por supuesto, dada su edad, el tío Ambrosio había vivido muchos tiempos y consideraba suyos cada uno de ellos. Pero no importaba. Ya no viviría ninguno más.

A su funeral, por supuesto, no faltó nadie. Aquello no se discutió. La familia consideraba un deber y una muestra de buena educación acompañar al tío en sus últimos momentos, aunque el funeral, bien mirado, era un momento más bien póstumo, y no último, mientras que para el último de verdad sólo había contado con la presencia de la asistenta ucraniana que también hacía de enfermera. Y un poco de secretaria y otro poco de dama de compañía, pese a que no entendía ni una sola palabra de castellano ni el tío Ambrosio hablaba ucraniano. Pero se llevaban muy bien. Eran ya casi tres meses juntos.

Desde la última vez que algún familiar, nieto, bisnieto, sobrino, sobrino-nieto o primo con diferentes números detrás había puesto un pie en casa del tío Ambrosio habían transcurrido más de quince años. ¿O habían sido veinte? Bueno, quizá aquello sucediera en 1976, cuando murió su hijo Antonio, tampoco hacía tanto. Y es que el tío Ambrosio siempre había sido un hombre muy independiente. Algo raro, un poco ermitaño. Parece que no le gustaban mucho las visitas, o eso decían de él. En realidad el mismo tío había olvidado si le agradaban o no, hacía ya demasiado que no recibía ninguna.

No se había reparado en gastos, pero sin pecar de ostentosos. El ataúd era de madera de la buena, ¿roble?, ¿cedro?, nada de esas cosas baratas que parecen de plástico, pero tampoco se adornaba con esas absurdas filigranas de oro que tanto gustan a los nuevos ricos. La capilla del tanatorio había sido invadida cual invasión alienígena por flores con ondeantes cintas multicolor que testimoniaban el pesar de primos, sobrinos y bisnietos. La última composición de Justin Soileau proporcionaba el hilo musical adecuado. Quizá deslucía un poquitín la ceremonia el hecho de que el sacerdote hablara con un raro acento extranjero, pues ninguno de los presentes pudo seguir el sermón más allá de la bienvenida inicial. Pero seguro que resultó adecuado a la ocasión, el hombre poseía una armoniosa voz solemne tintada de tristeza que arrancó las lágrimas a más de uno.

La ceremonia fue larga como lo había sido la vida del tío Ambrosio. La prima Marta no dejó de enjugarse en ningún momento las lágrimas con un pañuelo, de forma discreta, eso sí, pues no era cuestión de destrozarse el maquillaje. El primo Alberto, en cambio, que no tenía problemas de reconstrucción facial, sollozaba abiertamente. El primo Jorge sostenía con brazo protector a la prima Elena, a quien veía por primera vez en su vida, pero que le había parecido bastante atractiva. La prima Inés se sentía íntimamente satisfecha por haber elegido para la ocasión un vestido negro como ala de cuervo o, mejor aún, como maquillaje de gótico. Su cuñada Patricia en cambio había optado por un prudente y vulgar gris marengo y había sido criticada por todos por su falta de rigor y respeto en unas circunstancias tan trágicas.

Hacía calor en la capilla del tanatorio. Las flores acompañaron a los dolientes en su tristeza inclinando sus antes orgullosas cabezas. Se comenzaron a confundir lágrimas y sudor. El murmullo monótono del incomprensible sermón causaba cierta somnolencia y se pasó de la congoja por la pérdida a otros pensamientos mundanos. Hubo quien decidió que ya era el momento de alquilar un apartamento en la playa, a ver si este año puede ser, y hubo quien consideró que era la ocasión de adquirir un vehículo nuevo y con aire acondicionado, pues vaya tela cuando salga de aquí con el Fiat aparcado a pleno sol toda la mañana. Sin embargo, aunque el sermón se les hizo eterno, aguantaron todos estoicamente y sin quejarse este primer acto, algo pesado tal vez, pero una tortura necesaria. El segundo sería más agradable, se representaría después de comer, tendría lugar en el despacho del abogado, y en él se realizaría la lectura del testamento. Se rumoreaba que eran varios los millones a repartir.

El sacerdote concluyó su sermón con un giro elegante, alzó las manos y miró con solemnidad a los congregados cuyos rostros pesarosos expresaban ya sin pudor alguno toda la congoja de la que eran capaces. ¡Adiós, tío Ambrosio! El calor ayudó mucho en que la escenificación fuera perfecta. Sólo estropeaba el efecto la asistenta ucraniana, vestida de luto riguroso, sí, pero con una sonrisa feliz dibujada en su rostro. ¡Qué falta de consideración! ¡Seguro que había maltratado al pobre viejo! Le dirigieron miradas de no disimulado odio. Qué se podía esperar, los extranjeros eran así, completamente impíos y crueles.

Kateryna sonreía porque se sentía feliz. El tío Ambrosio y ella no se comunicaban en la misma lengua, pero desde el principio se habían comprendido a la perfección. Ambrosio González, acaudalado arquitecto, un hombre alegre, muy sociable y generoso, se había convertido poco a poco y sin saber cómo en un anciano arruinado y abandonado por su familia. A su edad hacía tiempo que había aceptado que estaba próximo el momento de su partida, se había acostumbrado incluso a su soledad. Pero el pensamiento de que no acudiera absolutamente nadie a despedirle en su funeral le causaba verdadero pavor y así se lo hizo entender a aquella agradable muchacha que venía a echarle una mano en la casa desde hacía algunos meses.

De modo que Kateryna, que había comprendido inmediatamente sus miedos, aunque no sus palabras, había asentido en silencio. Mirándole a los ojos y cogiéndole la mano, había realizado una solemne promesa y el tío Ambrosio había partido de este mundo con una sonrisa en los labios sabiendo que en ella podía confiar. Más tarde, Kateryna había añadido al muy escaso dinero suelto que se encontraba en la casa una generosa parte de los ahorros que guardaba para abrir, a su regreso a Odesa, un restaurante especializado en tapas españolas y había comprado el ataúd más caro, pero no ostentoso, que encontró en la funeraria, el viejo lo merecía. A continuación había contratado a su primo Andrej, que estaba doctorado en Filología Románica por las Universidades de Kiev y San Petersburgo, y se había convertido al catolicismo tras un desengaño amoroso, para que pronunciara el sermón de despedida. El primo Andrej siempre había tenido facilidad para las palabras. No le sorprendía nada que todos lloraran tanto. Kateryna respondió a la mirada inquisitiva de su primo asintiendo con aprobación. Había quedado perfecto. Un sermón muy emotivo, retrataba muy bien al tío Ambrosio y eso que no lo había conocido.

La tarea más difícil de todas fue sin embargo convencer a su primo Dimitri, el abogado, para que hiciera circular entre los parientes el rumor de que el viejo estaba forrado y les esperaba una herencia sustanciosa, cuando en realidad no había nada. Dimitri le vino con excusas de ética profesional y reparos morales, pero Kateryna le recordó al abuelo Aleksei, allá en Odesa, y le obligó a imaginarse el entierro del anciano sin la presencia de un solo familiar. Tal terrorífica imagen fue decisiva. Dimitri había actuado bien. Kateryna miró a su alrededor, satisfecha. ¡Más de cien personas habían asistido a aquel funeral! Y todos lloraban a lágrima viva. Si el tío Ambrosio pudiera verlo desde donde se encontraba se sentiría más que feliz. Kateryna estaba segura de ello.

1456 palabras, mayo 2015.

13 *Acoso*

Me siento tranquila, en paz, relajada, cuando vienen de repente a importunarme. Me sorprende lo requerido y me niego amablemente. Me reclaman una vez más lo que no puedo, no quiero dar, y protesto, con mayor firmeza en esta ocasión, un poco irritada. Regreso a mi estado de tranquilidad, me dejo caer en él, pero me arrancan de aquel puerto seguro y me insisten. Intento ignorarlo, sin alterarme, ya he expresado mi opinión, no hay nada más que decir. Desde el otro lado hacen oídos sordos, perseveran, de forma ligeramente más enérgica esta vez. Ahora ya grito en protesta, me están haciendo daño, daño físico incluso, esto es demasiado. Nace un silencio repentino, precioso, liberador. Agudizo los oídos, pero continúa el silencio. Sonrío. Paz.

Creo que he ganado, he puesto freno al acoso, pero no. Pocos segundos de tregua. Se regresa con más determinación, imposible de frenar los golpes que recibo, a diestro, a siniestro, a sinediestro si eso existiera. Ya no lo sé. Lloro. No tengo ninguna posibilidad, lo reconozco con dolor, estoy perdida. Me lamento, de mi boca sale quejido tras quejido. Esto se ha convertido en un ataque en toda regla ya, abierto, decidido. Suplico. No sirve de nada. Imploro sin vergüenza. No cejan en su empeño. No tengo fuerzas para resistirme. Agotada, al fin, me rindo. En voz alta. No hay vuelta atrás. Doy mi conformidad.

—Está bien, tú ganas Nico.

Iré a por la correa. Saldremos a dar un paseo aunque sean las seis de la mañana del domingo. Mi perro me da un último lametazo en la cara ya húmeda, empapada, un último toque en el brazo con la pata para recordarme cómo podría continuar aquello si no me levanto de la cama ahora mismo, y se marcha feliz moviendo el rabo.

298 palabras, mayo 2015

14 *Suspenso*

Rubén Martínez elevó ligeramente las comisuras de sus labios en una tenue insinuación de sonrisa. Un gesto que expresaba su satisfacción, pero que se hallaba totalmente exento de alegría y que no llegó a alcanzar su mirada. Al contrario, una sombra fugaz cruzó por un momento su rostro y ennegreció aún más sus ojos oscuros, proporcionándoles un cierto aire maligno. Cualquier transeúnte casual que hubiera pasado por su lado y alcanzado a ver aquella dureza habría sin duda apresurado el paso, incómodo, experimentando, pese a la calidez de la noche, un escalofrío. Pero, por supuesto, nadie transitaba aquel lugar de forma casual a aquellas horas de la madrugada.

Un barrio tranquilo, situado en la periferia, un bloque de pisos único que destacaba entre un conjunto de casas unifamiliares, idénticas todas, encajada la una entre otras en una hilera anónima casi interminable. Un parque infantil con apenas cuatro aparatos de ejercicio cuya pintura llevaba tiempo descascarillada. Unos pocos árboles, aleatoriamente dispersados por la zona con la excusa de proporcionar algo de sombra, imaginados en realidad para simular bienestar y también cierto lujo bien alejado de la fealdad urbana del centro.

Rubén llevaba varias horas, demasiadas, vigilando aquel bloque solitario, desde las primeras nieblas del anochecer. Sentía la columna tensa por la prolongada inmovilidad. Era incómodamente consciente de cada una de sus vértebras, pero se obligó a ignorar el dolor, recluyéndolo en un lugar oculto de su mente, aquel, hacia el cual que solía alejar también otro tipo de padecimientos, menos físicos, pero más profundos. Cerró ambas manos en sendos puños y los hundió en los bolsillos de su sudadera. Giró lentamente el cuello a un lado y otro, realizando a continuación leves movimientos rotatorios. Un fuerte latigazo le recorrió la espalda. Iba a necesitar otra vez analgésicos por la mañana. Por suerte, la noche era cálida y en esta ocasión no había que temer un resfriado.

Situado a cierta distancia, en el lugar de siempre, aquel que había descubierto ya el primer día, semioculto tras un enorme magnolio de follaje exuberante, si se vestía de la forma adecuada, siempre empleando colores oscuros y uniformes, era imposible que se le distinguiera aún en la noche más despejada. Había roto la bombilla de la solitaria farola que tenía más cerca ya uno de sus primeros días, pero nadie había venido a remplazarla hasta ahora. Un certero lanzamiento de una mugrienta pelota de tenis, abandonada tal vez por algún perro de la zona, que habría logrado la aprobación de su profesor de educación física en el instituto. Rubén se había sentido sorprendido cuando, aproximándose al árbol que a partir de entonces sería su compañero, su pie tropezó con la pelota, e inmediatamente experimentó una felicidad desacostumbrada. Lo interpretó como una señal del destino, una aprobación de lo que había pensado hacer. Hasta ese mismo instante, la idea de anular aquella farola para facilitarle la tarea no había siquiera cruzado por su mente, no lo tenía preparado, no se trataba de un crimen premeditado. Raúl no llevaba arma alguna para cometer su delito, ésta le saltó casualmente a los pies. Fue ver aquella pelota rebotar en sus gastadas zapatillas *Mustang* –sus padres no podían permitirse unas *Converse* – y encenderse una bombilla en su mente. Para apagarse otra, más material, inmediatamente después. A Rubén le encantaba aquella ironía del destino, el juego de palabras empleado. Encender para apagar. Y le había permitido permanecer ignorado durante, semanas, meses, convertido en una mera sombra entre sombras.

Se levantó una brisa que agitó levemente las duras hojas del magnolio, y una de las ramas más bajas rozó levemente su pelo, parte su rostro, haciéndole cosquillas en la nariz, en una caricia que le reconfortó. Rubén sonrió, y, sacando una mano del bolsillo, apoyó su palma en el áspero tronco, sintiendo una vez más la complicidad del árbol. Desde aquel día en el que apareció la pelota por entre sus raíces lo veía como un aliado, como un amigo.

Había confiado en él para mantener en secreto sus noches durante casi dos años y jamás le había fallado hasta entonces.

Y allí seguía, también esta noche, protector, vigilante y silencioso. Una noche especial, importante, en la que Raúl había necesitado tranquilizarse más que ninguna otra de las que había pasado junto al magnolio. Había anticipado unas horas duras, tensas, en las que el nerviosismo le impediría seguir su pauta habitual y quizá incluso estropearía todo lo que tan cuidadosamente había planificado. Pero no sucedió así. Fue llegar junto al magnolio, acercar el rostro a aquel tronco amigo y alcanzarle la quietud de siempre. Aquella seguridad. El poder de la naturaleza, pensó, sintiéndose ridículo. Alzó el rostro para contemplar la no copa de su árbol, no demasiado elevada. La sensación pasó. Sonrió, agradecido.

Aquella noche Rubén había aguardado más tiempo que nunca junto al magnolio, con una paciencia infinita, hasta que había visto apagarse la luz de la ventana del segundo piso que sabía que correspondía al despacho de su profesor de literatura premoderna.

Odiaba a aquel profesor.

Se trataba de una aversión visceral, profunda, nacida de la irracionalidad, pues, aunque le era imposible no percibir el desagrado con que Arturo Navarro le atendía en sus horas de consulta, notar la impaciencia apenas controlada con la que escuchaba sus requerimientos, aquella actitud distante y despreciativa no se diferenciaba demasiado de la del resto del equipo docente. De todos los profesores que le habían asignado en su ya respetable trayectoria académica, desde sus primeros años en la guardería. No había logrado conectar con el gremio del enseñante, generar una corriente mutua de simpatía. Y eso que el chico se esforzaba al máximo para cosechar alguna loa, alguna mirada de aprobación, una complacida sonrisa. Pese a ello no percibía más que rechazo, desaprobación, repulsa. Con algo de suerte, indiferencia o desatención. Nunca más. Nunca simpatía.

Arturo no era diferente en eso a los demás, pero a Rubén siempre le había parecido el peor de todos, sin saber explicar ni siquiera ante sí mismo por qué. Tal vez porque, por primera vez, había estado interesado de verdad en obtener un reconocimiento, una alabanza, incluso había fantaseado con poder iniciar una sana amistad. Rubén intentaba siempre agradar a los demás, pero se trataba de un interés fingido, ninguna de las personas con las que se veía obligado a relacionarse le interesaba lo más mínimo. Arturo había sido diferente desde el principio.

Había sentido una irresistible atracción por el profesor, desde el principio, una corriente de afecto que nada tenía que ver con lo sexual, aunque era consciente de que sus compañeros sospechaban algo así. Se había sorprendido por la capacidad de transmitir conocimientos de Arturo, por su facilidad para despertar el entusiasmo por una materia por la que Rubén hasta entonces apenas se había interesado. Había disfrutado con el fino humor y había atendido embelesado al pasional discurso que el profesor les dedicaba en clase. Sentía que aquellas palabras tocaban algo muy dentro de él, algo inexplicable, y comprobó, asombrado, que le conmovían menos los versos y la poesía que las frases utilizadas para explicarlas. Admiró a Arturo por haber encontrado el modo de introducirse tan profundamente, por saber hallar el acceso a un alma hasta entonces ajena a aquel tipo de belleza. Rubén trabajaba de forma incansable en todas sus asignaturas, pero la literatura premoderna fue, a partir de entonces, la única con la que disfrutaba. Y se había sentido entusiasmado con la idea de que su profesor advirtiera aquella distinción, la valorara, se sintiera halagado.

Su sonrisa se tornó amarga ahora. Pura utopía. Aquella ambición pertenecía ya al pasado. Ahora era otro el objetivo que perseguía.

Desplazó el peso de su pierna izquierda a la derecha, sin poder evitar una mueca de dolor al protestar sus músculos agarrotados y apoyó la frente en la áspera corteza del árbol. Levemente sólo, y apenas unos segundos, pues no quería perderse nada. Aguardaría allí un rato más. Media hora adicional solamente, para asegurarse de que aquella ventana no volvería a iluminarse, aunque en realidad ya no importaba que así fuera.

Las cinco y media de la mañana. Una hora demasiado tardía, o excesivamente temprana, sí así se prefería, para presuponer que el insomnio de su profesor era debido a su diligencia en el trabajo. Sabía que el profesor Navarro no había estado corrigiendo trabajos o exámenes hasta las cinco y media. Sus desvelos tenían otro origen.

Llevaba apostado allí desde las once y media, y, al principio, se había enfrentado a la rutina habitual. Poco después de la una de la mañana lo había visto desplazarse hasta la cocina y permanecer unos momentos allí para después volver al punto original, la habitación de trabajo. Rubén, que llevaba vigilando a su profesor desde el curso anterior, cuando ambos iniciaron por primera vez un contacto profesional con la asignatura de Literatura Premoderna I, conocía a la perfección sus costumbres. Durante el curso, luz encendida en la ventana de la izquierda hasta las doce de la noche. Visitas dilatadas a la ventana de la derecha, la cocina. Un tentempié, un café, una cerveza quizá, dependiendo de la época del año. Finalmente, un resplandor fugaz en la ventana central, el dormitorio, mientras se preparaba para dormir. Arturo no parecía ser de los que leían en la cama, pese a que solía preguntarles a sus alumnos qué libro descansaba en aquel momento sobre su mesita de noche. Sólo breves minutos de luz en el centro y luego oscuridad absoluta en toda la fila de escaparates de cristal, hasta las siete, hora en la que se preparaba para ir al trabajo. Rubén se había quedado un par de noches, muy al principio de aquella vigilancia junto al magnolio, para comprobarlo.

El profesor era un hombre metódico, en clase y en su vida privada. Día tras día, en otoño, invierno, primavera y también ahora que se había iniciado el verano, seguía idéntica rutina luminosa. La hora podía dilatarse un poco más, no de forma excesiva, en período de evaluaciones. La costumbre se anulaba cuando llegaba a casa acompañado de alguna mujer. Entonces se generaba otra rutina muy diferente.

Rubén las había visto llegar a todas. No se había sorprendido por ello, y no había ensombrecido la imagen que tenía de su profesor. Sabía que se había separado recientemente de su pareja, y era consciente de que la fascinación que ejercía sobre él también funcionaba con las mujeres. Era promiscuo, pero Rubén no tenía opinión al respecto. Se limitaba a observarlas mientras desfilaban ante él, mujeres que se le antojaban de edad madura, y chicas que apenas acababan de dejar atrás la primera adolescencia. Arturo no era selectivo, le atraían tanto las chicas que exhibían curvas generosas, como las que poseían un cuerpo andrógino, las llamativas y las discretas, las rubias y las morenas, las silenciosas y las que gritaban su entusiasmo a través de la ventana abierta. En aquellas ocasiones, la luz del despacho no llegaba a encenderse. Ninguna de aquellas visitas se prolongaba mucho. De madrugada, las dos, las tres, nunca más tarde, y Arturo las despedía con un abrazo más cansado que lascivo en el portal y las guiaba hasta algún vehículo, taxi, por lo habitual, a cuyo conductor transmitía unas cuantas órdenes secas. Algunas de aquellas mujeres, pocas, no muchas, repetían visita alguna vez, de forma muy ocasional.

Una impresionante colección de miembros del sexo femenino entre las cuales Rubén había reconocido a una profesora y a alguna que otra alumna, compañera suya, a la que al día siguiente encontraba sentada en clase, con gesto aburrido, como si nada hubiese sucedido entre Arturo y ella la noche anterior. Pero a final de curso, invariablemente, aquellas visitantes nocturnas obtenían como calificación final un notable.

Se le revolvió el estómago, sintió asco e hizo una mueca de desprecio. Rubén no envidiaba el éxito con las mujeres del profesor y no censuraba su moral sexual, en ese sentido le consideraba libre de hacer lo que se le antojara. Pero le repugnaba saber que lo que él mismo nunca lograría pese a todos sus esfuerzos delante del ordenador, otras podían alcanzarlo con suma facilidad abriendo las piernas y no la mente. Rubén odiaba cuando su profesor le realizaba aquella recomendación precisamente:

—Abre tu mente —le insistía Arturo, cada vez que explicaba la corrección de un trabajo otra vez fallido. Como si de eso se tratara.

¡Y de tal individuo había pretendido ganarse el respeto! Sacudió la cabeza, en un gesto de incredulidad. Arturo no se merecía su aprecio. Se avergonzaba de aquellos días, semanas incluso, en las que, pese a comenzar a ser consciente del tipo de persona que era su profesor, se había seguido esforzando por lograr atraerlo hacia sí. Porque al principio aún le había perdonado, a pesar del tremendo golpe que supuso para él ver en las listas a Estefanía Velasco superándole en nota. Estefanía, de la que todo el mundo sabía que rallaba el borderline, pero cuya talla de sujetador era casi imposible. Hasta Rubén, que solía ser inmune a esas cosas, se sentía impresionado.

Había intentado comprender a Arturo, atribuir aquel error, aquel atentado a esa moralidad y justicia que tanto defendía en clase con ayuda de los textos, a la ofuscación, a la imperfección inherente a todo individuo. Tampoco Arturo podía permanecer todo el tiempo sobre un pedestal, el sexo era su gran debilidad, una flaqueza menos seria que las que presentaban otros. Con cierto esfuerzo, había condonado aquella culpa, y había intentado establecer una complicidad entre ambos. En varias ocasiones se le había acercado al profesor para hacerle saber que comprendía y aceptaba sus debilidades, pese a que se sentía víctima de ellas, y que jamás revelaría su secreto.

Cuán absurdo todo aquello. Eran dos personas diametralmente opuestas. Que el profesor, de moralidad dudosa, fuese un miembro respetado y querido de la comunidad, mientras que él, Rubén, que siempre se esforzaba por seguir las reglas...

Apretó los puños de nuevo y se esforzó por reprimir su ira. Controló sus pensamientos hasta recordar por qué se encontraba allí aquella noche en particular, la mejor de las noches, y aquello le tranquilizó.

Laura había aparecido por allí por vez primera en invierno, poco antes de Navidad.

Al principio nada fue diferente. Laura no le había parecido una de esas chicas, pero Rubén había aprendido ya hasta qué punto pueden llegar a engañar las apariencias, y también conocía, por propia experiencia, el alcance del atractivo del profesor. Hacía frío aquella noche, y, mientras Arturo se quitaba los guantes, y rebuscaba en su bolsillo, ella, muy próxima a él, como si la cercanía del hombre pudiera resguardarla del frío, había alzado tímidamente el rostro hacia su profesor. Rubén no se encontraba lo suficientemente cerca como para distinguir los detalles, pero había podido imaginar sus mejillas arreboladas cuando la alcanzó un rayo de luna. Luna llena hubo aquella noche, mal presagio quizá, mal momento para comenzar una relación, aunque ninguna de esas preocupaciones se reflejaba en la expresión de Laura. Por primera vez desde el inicio de su vigilancia, Rubén sintió envidia de una de las visitas de Arturo. Aquella felicidad que parecía emanar de la cara de la chica la dotaba de una belleza casi etérea, irreal, que la hacía parecer procedente de otro mundo, una especie de hada, pensó Rubén absurdamente. La envidió, pero no la odió, siendo consciente de lo efímera que sería aquella expresión y lo puntual de aquella visita.

Arturo encontró al fin las llaves, las introdujo en la cerradura, abrió la puerta, y cuando volvió la mirada hacia su amante de aquella noche, Rubén supo que había quedado igualmente hechizado. La besó con una delicadeza que nunca antes había visto en el profesor antes de empujarla con determinación hacia el rellano. Ambos entraron y Rubén los perdió de vista. Poco después se encendió una luz en el dormitorio.

Sin embargo, algo distinto debió iniciarse allí, pues Laura repitió su visita, primero pasadas un par de semanas, después con cada vez menor intervalo de tiempo, hasta que se convirtió en una presencia constante. De vez en cuando seguía habiendo otras, pero Laura las fue desplazando poco a poco, hasta que finalmente sólo quedó ella. Ella día tras día, sin taxi a las tres, ni a las cuatro, ni a las cinco. Ella casi permanentemente instalada en aquel lugar, cada vez menos cuidadosa, cada vez menos discreta en su apasionamiento. Era evidente que estaba enamorada. Rubén no tenía del todo claro si lo estaba el profesor. ¿Era capaz de enamorarse Arturo?

Una noche Laura entró, y ya no volvió a salir, y eso que Rubén aguardó bajo el magnolio hasta más allá del amanecer, hasta que vio salir a Arturo con su característica cartera de cuero bajo el brazo para ir a clase. Y Laura no estaba junto a él aquella mañana.

Era cierto que la chica pudo haber abandonado el piso más tarde, en soledad y sin su amante, por alguna causa que Rubén no alcanzaba a discernir y no tenía por qué comprender tampoco, pero aquello no le parecía nada probable. Sobre todo, porque a Laura ya no se la vio nunca más. No fue a clase, ni aquel día, ni al siguiente, ni al otro tampoco. Y otro día más tarde los visitó la policía y lo que Rubén había sospechado desde el principio se confirmó al fin: Laura había desaparecido. Había sido engullida por el apartamento de Arturo para no volver a salir de allí.

Rubén había estado observando a Arturo aquellos primeros días, tanto en clase como junto al magnolio, en busca de alguna respuesta que clarificara su intriga, pero el profesor parecía haber recuperado su vida de siempre y era como si Laura jamás hubiera ocupado un lugar en ella. Aunque no, alguna cosa sí que era diferente. Nada de mujeres de momento, la luz del dormitorio se apagaba a una hora prudente, y ya no se volvía a encender en toda la noche. Como si hubiera algo en aquel piso que las ahuyentara, que les vedaba el acceso. La presencia de Laura. Real o recordada.

Poco de extraño se advirtió en Arturo cuando llegó la policía, más bien nada. El profesor mantuvo la calma en todo momento, adujo contrito –con desvergüenza, pensó Rubén fascinado- apenas conocer a Laura y fingió hacer un esfuerzo de memoria como si no supiera quién podría ser aquella chica guapa y complaciente a quien había regalado las mejores notas durante todo el último semestre a cambio de otros obsequios que ella le había realizado a él.

Si no le hubiese despreciado tanto, sentido su corazón tan lleno de odio, Rubén tal vez hubiera podido admirar aquella impasibilidad, esa sangre fría tan impresionante. Arturo transpiraba inocencia, y, más allá de ella, ignorancia absoluta. Pero también olvidaba con demasiada facilidad, apartaba de sí con pasmosa indiferencia a aquella de quien ya no obtenía ningún provecho. Rubén casi se sintió menos agraviado por la apatía que él mismo y su esfuerzo académico habían cosechado al comprobar aquella negación de la pobre Laura. Sobre todo si recordaba la mirada del amor más profundo en la noche de luna llena, no tan lejana.

A veces se preguntaba qué habría sucedido, no porque sintiera verdadero interés, se trataba simplemente de curiosidad. ¿Por qué hacerla desaparecer? ¿Formaba aquello aparte de la personalidad del profesor? ¿Habría habido otras, pretendía que le siguieran más? ¿O se trataba de un caso único, un accidente, una necesidad? ¿Se habría convertido la chica en una amenaza? ¿En un problema? ¿Cómo habría ocultado Arturo su cadáver? Porque a Rubén ya no le cabía ni la más mínima duda de la muerte de Laura, aunque no había visto a Arturo deshacerse de ningún bulto sospechoso como aparecía en el cine. Y había visitado al magnolio muchas noches desde entonces, prácticamente todas desde la desaparición. ¿Dónde estaba Laura? ¿Aún allí, entre aquellas cuatro paredes?

Si pensaba detenidamente en ello, el transcurso de los acontecimientos no le sorprendía. Era una consecuencia lógica de lo que era Arturo. Había sido culpable de otros delitos graves con anterioridad, pues era hipócrita, era infiel,ególatra, también orgulloso, ¿por qué no asesino si así le convenía? Rubén había comprendido que para Arturo las personas no significaban más que peones a los que utilizar en su favor en el juego de ajedrez de su vida. Las desplazaba por el tablero irreflexivamente, a capricho, sacrificándolas sin piedad cuando estimaba que ya no las necesitaba o simplemente se había cansado de ellas. Quienes no podían ser utilizadas por él no existían, no jugaban a ese juego. Por tanto, Rubén no era nada para él, no le servía como peón. Sonrió amargamente y sus ojos relampaguearon en la oscuridad, con furia. El profesor ignoraba que aquel alumno a quien apenas dedicaba una distraída mirada se había convertido en el personaje más importante de todo su universo. Poseía la llave de su libertad. Incluso había estado dispuesto a entregársela. Pero aquello ya no era posible.

Rubén era un marginado, de lo cual, por una vez, se alegró, pues no participó en los comentarios a susurros que entretuvieron a sus compañeros durante aquellos primeros días. Nacieron las más aventuradas suposiciones, cuentos de ciencia-ficción absurdos que le hacían sonreír pues no casaban para nada con la personalidad de Laura. Rubén, dedicado por entero a estudiar, más entregado que nunca, para aprobar con la mejor nota aquella asignatura que más le interesaba, permanecía ajeno a todo ello, reía para sí, despectivo, porque él sabía y ellos no. Sólo él y Arturo. Y ninguno de los dos hablaría. Aún no era el momento.

Había sabido esperar. Demostró tener paciencia, sintió orgullo por su actuación perfecta. Aquella función no podía acabar antes de que se hubiera representado el último acto, y ahora era Rubén quien lo controlaba. Y al fin llegó, ese último día de clase, con sus calificaciones finales. Había corrido a comprobar las notas cuando apenas la tinta se había secado sobre el papel. Tres semanas hacía solamente que Laura no estaba, pero se habían hecho eternas. Había visto a Arturo tontear con Rebeca Pedrera al salir de clase, una estudiante tímida, pálida, semejante en carácter a Laura, pero sin llegar a alcanzar su inocente belleza, y se preguntó si el profesor estaría ya listo para otro ataque.

Jamás se produciría. Rebeca no seguiría el camino de Laura. Ni el inicial, ni el último.

Suspenso. Las listas expuestas en el tablón con aquella marca de su fracaso expuesta ante todos. Rubén suspenso pese a que en las últimas semanas se había esforzado más que nunca, había estudiado más que nadie, había realizado un examen perfecto, lo sabía. Se preguntó si habrían leído sus frases cuidadosamente redactadas, o Arturo ni se había molestado después de ver el nombre que encabezaba aquel examen. Un notable, finalmente, para Laura. Rubén lamentó tanto aquella nota como la suya propia y sintió cierta solidaridad con su compañera desaparecida, tal vez muerta. No se había presentado al examen final, pero los parciales los había completado con mucha oralidad.

Ahora sólo tenía que seguir los pasos que había pensado, que había ensayado mil veces. Hasta el último momento había ansiado estar equivocado en sus predicciones, le había ofrecido una oportunidad al profesor que, sin embargo, para él no había tenido ninguna. Un aprobado, simplemente un aprobado y las cosas se hubieran quedado como están. Era poco premio para su esfuerzo, pero lo hubiera considerado una señal, un síntoma del cambio hacia la justicia de su profesor. Sabía que, siendo quien era, no le podía pedir demasiado, pero sí un aprobado. Que le sorprendiera con un aprobado. Y, sin embargo, ahí estaba el suspenso. Nada de sorpresas.

Había vuelto al magnolio aquella última noche, en esta ocasión ya para despedirse. No volvería a ver aquel baile de luces, salón, cocina, dormitorio, no volvería a producirse. No sería posible pues Arturo tardaría mucho en regresar a su hogar, años quizá, y en pocas horas toda aquella zona estaría infestada de policías buscando pruebas, buscando a Laura. Ni siquiera le interesaba qué encontrarían.

A primera hora de la mañana se acercaría a la comisaría y les llevaría las fotografías que había estado haciendo en todas sus semanas de vigilancia, desde el principio. Laura enamorada, Laura feliz, Laura con aquel jersey azul de lana y los vaqueros rotos que se indicaban en la descripción de los carteles que sus padres habían colgado por toda la ciudad. Laura en su último día.

Aún seguía sonriendo mientras le daba la espalda al hogar de su profesor y emprendía al fin la vuelta a casa. Ni en sus sueños más utópicos hubiera imaginado poder ser él quien ideara el castigo adecuado para su enemigo, una satisfacción justa para su decepción. Quizá porque estaba acostumbrado a fracasar siempre, en cualquier empresa que decidiera iniciar. Parece que esta vez no sucedería. Esta vez ganaba él. Aquel suspenso le saldría caro a Arturo, sería el último que pusiera en su vida.

4160 palabras, diciembre 2013.

15   *Competición deportiva*

Se reunieron las amigas a las cinco y media de la tarde, como solían hacer todos los miércoles del año excepto cuando ese día de la semana caía en alguna fiesta de guardar. En aquella ocasión tocaba verse en la casa de Angustias, lo cual sin duda resultaría especialmente agradable, ya que era la que, de todas ellas, sabía preparar las mejores pastas. Por desgracia su café pertenecía siempre a alguna marca blanca del supermercado –insistía en que la pensión no le daba para más- y lo presentaba demasiado dulce y demasiado aguado, pero aquellas pastas sublimes suplirían con creces lo insufrible del brebaje.

    Tomaron todas –eran cinco- asiento, repartiéndose equitativamente entre el desvencijado sofá que había conocido tiempos mejores y los dos sillones a juego, Angustias al frente de la pequeña mesita de café, bellamente adornada para la ocasión con un almidonado mantel color lavanda, al otro extremo Anita, Bernarda en el sofá, embutida entre Felisa y Herminia. Preparado estaba el mejor juego de café de Angustias, de porcelana de la de antes, regalo de bodas de su suegra cuyo buen gusto era legendario.

Se hallaban emocionadísimas todas, muy nerviosas, pues había mucho que contar. Varias de ellas sonreían para sí con satisfacción íntima, seguras de vencer en la competición de esta semana, otras en cambio se hallaban más dudosas de la marca alcanzada. Taza en mano, abandonaron resignadas el café ya al primer valiente sorbo y se dedicaron a mordisquear con delicadeza las pastas mientras elogiaban sus mutuos peinados y vestidos, cuidadosamente seleccionados para tan señalada ocasión. Alabaron también él éxito -en el que en realidad no creían- de sus cremas faciales, y, tras haber cumplido así con el habitual rito inicial de sus encuentros y tranquilas por haber satisfecho el necesario tributo al decoro, aguardaron a que la anfitriona diera comienzo al asunto que las había llevado hasta allí.

—¿Quién quiere hablar primero? —preguntó Angustias con una risita, nerviosa al verse convertida en el centro de todas las miradas. Las demás intentaron que sus expresiones no dejaran traslucir su decepción, pero al menos una de ellas fracasó en el intento. Angustias elaboraba unas pastas de muerte, pero no sabía crear ambiente. Antes de que los ánimos decayeran y se estropeara todo, Anita carraspeó y pidió tímidamente la palabra. No estaba demasiado segura de lo que iba a revelarles.

Anita se había decidido por una actuación muy modesta aquella semana. Adujo como excusa que su hija, la divorciada, había salido de viaje de forma repentina con un nuevo novio que había conocido en alguna red social de esas –lo cual provocó murmullos de condolencia y simpatía por parte de todas las presentes- y había dejado al cuidado de la madre, es decir, de Anita, a sus tres hijos pequeños. Los nietos eran encantadores, pero le habían restado a Anita mucho tiempo y libertad para pensar y planificar. Por lo tanto aquella semana su prueba se había limitado a acudir a la panadería del barrio para solicitar la devolución de un batido de fresa caducado en octubre.

—¿Ticket de compra?— realizó Angustias la pregunta obligada, y Anita hizo un gesto con la mano rechazando aquel comentario como si se tratase de una ofensa. ¡Por supuesto que no! ¡Cómo podía mencionarlo siquiera! Había logrado que la dependienta le reembolsara cuarenta y cinco céntimos en sólo cuatro minutos.

—¿Llevabas a los niños? —preguntó Angustias a continuación, siguiendo un impulso repentino, y se emocionó al ver el asentimiento de aprobación de sus compañeras. Se trataba de una pregunta muy pertinente.

Anita se ruborizó, bajó la cabeza y tuvo que confesar que sí, ganándose con ello la abierta reprobación de las demás. Hacerse acompañar en su labor por tres niños gritones no estaba bien. De acuerdo, la devolución de un batido comprado probablemente en agosto, si su fecha de caducidad estaba fijada para octubre, cuando ahora estaba a punto de finalizar el mes de enero podía tener un mínimo de interés, pero, ¿en la panadería del barrio, donde era de sobras conocida? ¿Acompañada por tres críos gritones? ¿Y sólo cuarenta y cinco céntimos? Aquello era de principiantas. A punto estuvo de ser descalificada, pero en el último instante de apiadó de ella Bernarda, que poseía un corazón de oro, y le otorgó su voto. Un solo voto. Avergonzada, Anita prometió actuar más de acorde con las reglas que conjuntamente habían establecido la próxima vez para no tener que abandonar el campeonato.

Con una apertura tan deplorable resultaba fácil continuar, y Bernarda y Felisa mostraron simultáneamente su deseo de intervenir. Angustias, que debía decidir como moderadora, se decantó por Bernarda. No se le había escapado el mudo desprecio de todas sus amigas hacia su café, y Bernarda era la única que había apurado su taza – en un momento de distracción, pero aquello daba igual- e incluso había vuelto a llenarla después. Las amigas se acomodaron en sus asientos para escuchar la segunda historia.

Bernarda había comprado un calefactor eléctrico a inicios del invierno, lo había usado generosamente en los momentos más fríos y lo había devuelto el día anterior a su cita con sus amigas a los grandes almacenes de los que procedía originariamente, aduciendo simplemente que no le interesaba el producto. Había tardado diecisiete minutos –

hubo que esperar que llegara el encargado para firmar una autorización- y obtenido por aquel trasto un vale por sesenta y ocho con noventa. Se recostó hacía atrás en el sofá, molestando un poco a Herminia y Felisa con sus anchas espaldas y, ligeramente inquieta por conocer cuál sería el veredicto que se pronunciara, estuvo a punto de tomarse una segunda taza de café y arruinarse del todo su siempre delicado estómago.

En general la idea no parecía tan mala. No acabó de convencer sin embargo la afirmación de que Bernarda hubiese utilizado aquel calefactor con generosidad, pues de todas era sabido que aquel calificativo tan desprendido no era aplicable a su amiga. No se lo comentaron, por supuesto, una amiga no haría eso con otra, pero todas estaban convencidas de que Bernarda no había pulsado el botón de encendido ni un solo día por temor a lo que se encontraría después en la factura de la luz. Sospechaban que el calefactor debía de estar totalmente nuevo, sin usar, quizá incluso el embalaje original sin tocar.

—Un vale de compra —observó Felisa, moviendo la cabeza con falta de convencimiento, y eso las salvó a todas de perder la amistad con Bernarda. Obtener un mero vale como recompensa en lugar de dinero contante y sonante siempre penalizaba. Finalmente, Bernarda sólo consiguió el voto de Angustias, y fue debido a su cumplimiento con el café, más que por su pobre hazaña. Ni siquiera Anita, aquella traidora, consideró votar en su favor. Bernarda se enjugó una lágrima y se autocriticó por ser tan buena persona.

   Herminia, que ya había consumido todas las pastas que se podía permitir por aquella semana, decidió salvar lo poco que quedaba de su, años atrás, esbelta figura empleando boca y lengua en explicar sus méritos y Angustias accedió a cederle el uso de la palabra. La idea que presentó era en realidad muy sencilla, pero se reveló como brillante en su concepción. Había adquirido en la campaña navideña anterior un costoso libro electrónico para su hijo mayor, el abogado, al que le gustaban esas cosas modernas de hoy en día. Según había descubierto recientemente, en período de rebajas el mismo producto costaba casi un cuarenta por ciento menos. Por lo tanto, había comprado otro, idéntico, flamante, nuevo, y sin sacarlo del embalaje siquiera para demostrar la ausencia de uso, había empleado el ticket de compra del regalo anterior –más elevado- para solicitar la devolución del segundo en un centro distinto, pero de la misma cadena. Con la transacción había ganado ochenta y cinco con cuarenta y aún así su hijo, que no se había enterado de nada, había disfrutado de su regalo en el momento adecuado. El tiempo total empleado había sido de catorce minutos, diez segundos y porque había cola.

   Para satisfacción de Herminia, las demás se quedaron sorprendidas sin poder ocultar su entusiasmo y eso que el hecho de que volviera a mencionar a su hijo el abogado, como hacía todas las semanas aprovechando la más mínima ocasión, les había molestado un poco. Técnicamente aquí se había utilizado ticket de compra, pero, ¡de una forma tan original e innovadora! La estrategia era buena, era más que buena, ¡era imitable! Apenas se deliberó y Herminia obtuvo inmediatamente tres votos. Sólo se resistió a otorgar su aprobación Anita, que insistió obstinadamente en el tecnicismo del ticket de compra. No en vano a ella casi le había costado la expulsión.

Angustias les rogó que le permitieran hablar en último lugar, por lo que le llegó el turno a Felisa. Avergonzada –se trataba de una mujer tímida- se disculpó por poder ofrecerles a las amigas bien poco. Había llevado el bolso que se había comprado para llevar a la boda de su nieta de vuelta a la tienda apenas cuarenta y ocho horas después, aunque lo había utilizado en el feliz evento como mostraban las fotografías que había traído como prueba. Cuarenta y dos con treinta de beneficio, ocho minutos de tiempo. La dependienta por supuesto aún la recordaba y había creído la bien pobre excusa que le presentó, que había confundido el color del vestido. Para su propia sorpresa, Felisa obtuvo dos votos, el de Bernarda, siempre bondadosa ella, y también el de Herminia, que se sentía benévola tras el éxito obtenido con su propia historia. Cierto que aquello no había sido demasiado laborioso ni tampoco especialmente imaginativo, pero todas sabían que los bolsos de fiesta –era una verdad universalmente conocida- poseían veto a devolución en todos los establecimientos del mundo. El logro no era apabullante, pero merecía cierto reconocimiento. Dos votos estaba bien.

Habían finalizado todas y quedaba solamente Angustias, la anfitriona. Era raro que hubiera pedido hablar al final, pues era de naturaleza impaciente, y las demás se preguntaron si aquello no obedecería a que tenía algo muy especial que ofrecerles, más aún que sus increíbles pastas. Cierta tensión comenzó a aflorar, nació la intriga, estaban deseando conocer el alcance de aquella prueba. Quienes habían estimado que Angustias no sabía crear ambiente, tuvieron que reconocer que se habían equivocado del todo, pues, con una sonrisita pícara en el semblante, la anfitriona se tomó su tiempo para ejercer de tal, se dedicó a apartar las tazas de café usadas, a ofrecerles más pastas, a retirar distraídamente algunos grumitos del mantel. Las amigas estuvieron a punto de explotar de impaciencia, cuando Angustias al fin se apiadó de ellas y se dispuso a exponer su caso.

Les rogó como introducción que contemplaran bien el juego de café que habían estado utilizando aquella tarde. Lo hicieron sin comprender, pues era el mismo de siempre. Procedía, explicó, y todas asintieron, pues conocían aquella historia por haberla oído muchas veces, de su suegra, en paz descanse, y había sido un regalo de boda. Venía acompañado aquel juego, añadió para admiración de las demás, de una vajilla de cincuenta y seis piezas. Sin embargo, continuó Angustias, para sorpresa de todas, lo que no sabían ellas era que siempre había detestado aquel juego de café, al igual que había odiado de forma visceral a su suegra, una vieja amargada y envidiosa que no dejaba de malmeter en su matrimonio. En ese punto enmudecieron todas, sin atreverse a pestañear siquiera, por el impacto de lo que acababan de escuchar. Confesar la aversión por la suegra era un acto de extrema valentía, todas ellas lo hacían en secreto, pero ninguna se atrevería a confesarlo jamás en voz alta por temor a que aquello alguna vez llegara a oídos del marido. El de Angustias era sordo como una tapia, pero eso no le restaba mérito a aquella hazaña, las noticias tenían sus métodos para alcanzar siempre oídos que no debían, como muy sabían todas. Guardaron un respetuoso silencio.

Angustias suspiró profundamente y a continuación relató, de corrido y con una expresión de satisfacción en el rostro, su aventura del día anterior. De modo que en un acto de liberación y venganza que llevaba largo tiempo planeando había empaquetado amorosamente aquella vajilla que en cuarenta años de matrimonio apenas había usado, salido a la calle, y entrado, en compañía de su nieto el mayor, a quien había acudido en busca de ayuda y que hizo de mozo, en el primer establecimiento con ofertas de menaje del hogar que se cruzó en su camino. Evidentemente no podía saber dónde había adquirido su suegra aquellos horribles platos y fuentes, pero no le importaba lo más mínimo. Se desharía de ellos donde fuera.

No las iba a engañar. El esfuerzo había sido ingente. Dos horas y cuarenta minutos le había llevado todo el asunto, pero al final había salido victoriosa. Doscientos veintisiete con treinta. Y había devuelto una vajilla de más de cuarenta años de antigüedad y usada a un establecimiento que apenas llevaba abierto un par de lustros. Por si aquello no fuera suficiente, Angustias le había pedido a su nieto al salir del establecimiento que tomase unas fotografías cuando fuese pertinente, y, este, divertido, había accedido. Allí estaban, y las mostró con orgullo. Por doscientos noventa euros la inconfundible vajilla de la suegra de Angustias a la venta en una tienda especializada, etiquetada como *vintage*.

Angustias sonrió al ver la expresión estupefacta de sus amigas, no un poema, sino un poemario al completo. Había esperado admiración, pero aquello ya era adoración. Todas habían enmudecido, se les había cortado la respiración, se sentían incapaces de hablar y expresar lo que sentían. Eran conscientes de que la competición había llegado a su fin. Imposible superar aquello.

—Por favor, Angustias —se atrevió a decir finalmente Bernarda, con voz ronca por la emoción—. ¿Eso significa que podrás ofrecernos a partir de ahora café del bueno?

Angustias no se ofendió por el comentario. Conocía a su amiga lo suficiente como para saber que ese era el modo que tenía que decirle que estaba impresionada.

—Y si logro que se queden también el juego de café, acompañado de pastas de la pastelería —asintió, a lo que protestaron todas de forma vehemente.

Ni que decir tiene que obtuvo cuatro votos.

2375 palabras, mayo 2015.

16 *Fecha de caducidad*

—¿Conoce su fecha de caducidad? —le preguntó el funcionario, aburrido, en el tono monocorde propio de los de su especie.

Germán negó con la cabeza. No, no la conocía. Se había opuesto siempre a que le realizaran aquella sencilla, pero determinante prueba para averiguar a partir de cuándo dejaría de existir. A diferencia de lo que ocurría con la mayor parte de la población, su espalda permanecía aún virgen del revelador tatuaje.

El funcionario alzó la vista y reemplazó la desgana en la expresión de su rostro, sustituyéndola por una genuina sorpresa. Tras unos instantes de duda en los que ambos se miraron fijamente, sin hablar, el hombre manteniendo la extrañeza, Germán con una combinación tan imposible de vergüenza y orgullo que hasta resultaba sugestiva, el funcionario le indicó por señas que se acercara. Le hizo girarse para poder alzarle la camiseta por la parte de atrás y comprobarlo por sí mismo. Incluso le rozó con un dedo atrevido aquel lugar comprometido situado bajo su omóplato izquierdo, por si se detectaran huellas de la ocultación de un número indebido, pero no. Germán no poseía grabado alguno. Nunca había sido tatuado.

Ahora el hombre parecía abiertamente desconcertado, y Germán, que se había acostumbrado ya a ese tipo de reacciones, le respondió con una sonrisa torcida. Sí, lo sabía. No quedaban ya muchos como él.

—Nunca he creído en esas cosas— se atrevió a justificarse con apenas un hilo de voz. No se avergonzaba de ello, pero en aquellos sus últimos momentos de inocencia de pensamiento se sentía inseguro y ligeramente nervioso. Sólo un poco, porque la decisión ya estaba tomada. No le habían dejado más opción que esa que tanto detestaba.

Sentía las miradas compasivas de aquellos que guardaban cola tras él quemándole la espalda, ahora cubierta por la camiseta de nuevo, y, sin embargo, despojada de lo más esencial. Al menos quería creer que eran compasivas, y no cargadas de desprecio, incomprensión y censura, emociones que había podido identificar sin esfuerzo en el rostro de Elena la última vez que la vio.

Elena le había abandonado.

El recuerdo de aquella verdad irrevocable y angustiosamente insoportable le alcanzó de lleno el pecho como si hubiera recibido un fuerte golpe físico y Germán se vio boqueando, desesperado, en busca del aire vital que le faltaba. El funcionario, que se encontraba preparando ya los instrumentos para realizar la prueba, le miró y sacudió la cabeza. Pero estaba equivocado en su percepción, no era miedo lo que sentía Germán. Ya no. Ahora sólo podía pensar en Elena.

Un hombre sin fecha de caducidad. ¿Cómo se podía vivir en tiempos avanzados con aquella inseguridad? Cuando las cosas comenzaron a complicarse, ella le había sugerido que modificara su comportamiento. Al fin y al cabo, no necesitaba ser consciente de su caducar, podía, si así lo deseaba, permanecer ignorante, era suficiente con que permitiera a los demás consultar el dato a partir de su cuerpo. Pero Germán sabía que, tarde o temprano, sucumbiría a la curiosidad, se cansaría de intentar interpretar con ayuda de las expresiones en rostros ajenos cuánto tiempo le restaba. Y no deseaba exponerse a aquella rendición aterradora. Se sentía cómodo en la ignorancia.

Ella había pasado de la insinuación a la exigencia y de ésta a la súplica. Después se había rendido, con lágrimas en los ojos, y finalmente se había marchado, despreciándolo por no estar dispuesto a arriesgarse. Furiosa. No había entendido su resistencia a saber.

Germán sintió el pinchazo en el brazo y soltó una amarga risita entre dientes. Sólo unos minutos más y la fecha se revelaría. A partir de entonces debería vivir con aquel terrible conocimiento, para siempre. No, para siempre no. Sólo hasta el momento, tal vez lejano, tal vez próximo, que adornaría su espalda a partir de hoy. Un día que siempre se había negado a conocer.

La prueba seguía siendo voluntaria. El mayor avance científico de todos los tiempos, poder conocer la fecha de la propia muerte con un margen de error de pocas horas. ¿Cuándo, en la historia de la humanidad, se había visto algo igual?

Al principio sólo se aventuraron a ello los más osados, los más temerarios. Los inconscientes cuyas existencias poco se vieron afectadas por esa nueva consciencia en la que no acababan de creer del todo. Pero pronto se comprobó la fiabilidad de la prueba y después no tardó demasiado en convertirse en imprescindible, sobre todo entre las clases más adineradas. Resultaba de buen tono, una evidencia científica de que se era digno de confianza. Se exhibía la fecha de caducidad antes de iniciar un negocio, previamente a contraer matrimonio y también en otras circunstancias donde una vida larga fuera más que deseable.

Y, poco a poco, las cosas se fueron complicando para todos. Sin fecha de caducidad conocida no se concedían hipotecas, ni tarjetas de crédito, ni se permitía alquilar un vehículo. No se permitía estudiar en una universidad, no se conseguía autorización para tener hijos, no era posible acceder a un empleo estable. Las posibilidades de integración social de Germán fueron disminuyendo más y más, se convirtió, sin darse cuenta exactamente de cómo había sucedido aquello, en un marginado, y el amor de Elena, aquel que parecía inagotable cuando la conoció, sin embargo, se gastó. No resistió aquellos envites. Elena con su precioso tatuaje violeta bajo el omóplato izquierdo que testificaba sus cincuenta años de demora.

La echaba de menos. Su ausencia le creaba tal vacío que las pocas semanas que llevaba subsistiendo sin ella, arrastrándose tristemente por su existencia de límites indeterminados, se habían convertido en media eternidad, en tres cuartos de eternidad, en una eternidad entera. Ni siquiera el posible conocimiento de una caducidad inmediata se le antojaba tan desgarrador como la pérdida de Elena. Nunca más ser el causante de esa sonrisa dibujada por labios perfectos, el destinatario de la mirada feliz de aquellos ojos profundos en los que solía bailar la diversión, nunca ya poder acariciar aquella piel cálida cuya suavidad le hacía estremecer.

Se había afianzado en el convencimiento de no poder soportar la certeza de cuántos días le restaban hasta el fin. Restaban, no se podía expresar mejor. Su vida se convertiría en una penosa resta de valioso, pero agotable tiempo, dejando de ser, como hasta entonces, una enriquecedora suma de experiencias de terminación indefinida. Germán había reclamado su derecho a vivir simulando ser eterno, tal como lo habían fingido también sus antepasados, pero al parecer esa prerrogativa ya sólo existía de forma nominal. Y sin Elena simplemente no deseaba vida alguna.

Oyó la exclamación de sorpresa del funcionario al leer el dato que marcaba el instrumento y cerró los párpados, dirigiendo una muda súplica a quien fuera que tuviese la potestad de gestionar su destino. Esperaba que aquella expresión se debiera a una fecha excepcionalmente larga y no a unos límites demasiado breves. Se había propuesto correr en busca de Elena independientemente de cuáles fuesen los resultados obtenidos. Ella le había asegurado repetidas veces que el dato en sí no le importaba, no necesitaba conocerlo siquiera, sólo quería, sólo veía en él las posibilidades que les ofrecía. O las que no se le negarían por resultar ser el hombre al que amaba un paria social. Y ahora, por fin, ya había dejado de serlo. Germán se había rendido y se había integrado. No era sino uno más. Esperaba que el conocimiento de aquel dato tan trascendental que acotaba su vida no le modificara, no le transformara en un Germán distinto al que había sido hasta entonces. Pero confiaba en Elena. Ella estaría allí para ayudarle.

Sumido en la profundidad de sus pensamientos no había advertido que se le había acercado a toda prisa un segundo funcionario, y, tras él, poco después, había aparecido un tercero. Descubrió que aquellos que aún guardaban cola para restablecer su tatuaje en diferentes grados de deterioro parecían sentirse agitados y murmuraban inquietos entre sí. Habían percibido alguna irregularidad, pese a que desde su posición era poco lo que podían ver. Germán abrió los ojos justo a tiempo para sentir llegar un segundo pinchazo e hizo una mueca involuntaria. La prueba se repetiría. No se atrevió a preguntar y fingió que aquello se encontraba dentro de lo normal, aunque incluso alguien tan ajeno a la ciencia como él poseía la información suficiente como para saber que no era así.

Inspiró profundamente, controlando los temblores que amenazaban con aparecer, dispuesto a no alterarse por nada en aquellos larguísimos instantes de palpable desconcierto. Se repitió una y otra vez que todo iría bien. Recuperaría a Elena. Ninguna otra cosa tenía importancia ahora. Fuese lo que fuese lo que estaba yendo mal en la prueba, se solucionaría. Junto a Elena podría.

Finalmente los resultados se mostraron por segunda vez. Los tres funcionarios que le rodeaban intercambiaron una rápida mirada entre sí en la que no se podía ocultar el desconcertante impacto del dato obtenido. Germán intentó adivinar, como siempre había sabido que haría. Le parecieron asustados, alarmados incluso, y cuando todos ellos a la vez, como puestos de acuerdo, le enfocaron seriamente con aquellos ojos que eran pardos, verdes y azules, se admiró al descubrir en ellos la semejanza por encima de la diferencia. La expresión de sus rostros hacía tiempo que había dejado atrás la indiferencia, pero ahora las miradas que le dirigían le parecieron absurdamente fascinadas, incluso tal vez cargadas de un profundo respeto, hasta cierto punto diría que reverenciales. Ignoraba aún aquel día, primero de su rendición a la ciencia, que las miradas los demás, de esos que tanto insistían en la igualdad, pero en el fondo homenajeaban la diferencia, siempre le perseguirían con una fervorosa devoción a partir de entonces, que le convertirían en un personaje poderoso, en una estrella, cuando no sin cierto temor insistió:

—Quiero conocer el resultado.

Se lo comunicaron, temblorosos ellos también ahora, aguardando intranquilos su reacción. Se lo mostraron para atajar su incredulidad y se lo explicaron una y otra vez por si Germán, tan reticente a los milagros como ellos, no confiaba en las palabras y necesitaba de la ciencia para creer. Pero él ya no los escuchaba. Nació en él una risa liberadora, divertida, una carcajada potente a raíz de la cual se le saltaron las lágrimas y hubo de sujetarse con fuerza el vientre para poder seguir riendo mientras los demás, tanto funcionarios como usuarios del sistema guardando cola, se disponían a imitarle iniciando una insegura insinuación de sonrisa.

Había ocurrido lo nunca visto con anterioridad.

La prueba había revelado que había caducado diez años atrás.

1757 palabras, mayo 2015.

17 *Inspiración*

La página permanece en blanco. Llevo unos treinta minutos con el ordenador portátil descansando sobre mis rodillas, un documento *Word* abierto y el cursor parpadeando de forma intermitente. Contemplo con ojos vacíos, mirada que ve, pero sin asimilar, el familiar encabezado que me pregunta si deseo archivar, editar, ver o insertar y dejo de leer, porque no puedo responder a tanta pregunta, a ninguna de ellas en realidad. Mi mente ha decidido identificarse con la página: también ella se encuentra, vacía como mi mirada.

Los contenidos me rehúyen, estoy carente de ideas. Otras veces las veo agazapadas muy al fondo, a ellas, mis ideas, ocultas en algún rincón oscuro y lejano de mi pensamiento, camufladas en la nada de modo que sólo asoma algún fragmento de palabra, un débil retazo de su conformación. Con mucha, con perseverante, constante, persistente paciencia logro atraer a aquellas tímidas esencias hacia el frente, engañándolas con falsas promesas, arrastrándolas sin piedad hacia mí, forzándolas a mostrarse por entero, temblorosas, asustadas bajo la brillante luz del día, para que se expongan, descarnadamente desnudas, ante todo aquel que desee verlas.

No experimento placer con la tortura a la que las someto en esas ocasiones, más bien padezco con ellas, vivo su dolor, no puede satisfacerme aquella injusta exposición pública de imperfecciones y debilidades. Me digo que era necesario, obligado, que existía el compromiso a producir, a rellenar la página en blanco, pero soy consciente, y me atormenta ese saber, de que ellas no estaban aún preparadas y yo tampoco. No debo hacerlo así, no sin su consentimiento, no para sentirme culpable después.

En esta ocasión no las encuentro. No hay evidencia alguna de la más pequeña de las ideas, por ninguna parte. Rastreo mi mente con la cegadora linterna de la desesperación, pero simplemente no están. Ignoro si tal vez han desaparecido para siempre, saltando como pulgas hacia otras cabezas más preparadas y me avergüenzo de inmediato al compararlas con dañinos parásitos cuando soy yo quien lleva tantos años explotándolas a ellas, a las que bien poco reciben a cambio. Puede que hayan muerto, que se hayan extinguido por inanición, porque reconozco que en los últimos tiempos no las he alimentado demasiado bien. No les he dado de comer, he pasado por la vida sin observar, sin disfrutar, sin asimilar como es debido. Han sufrido por el hambre mientras yo me rendía a otros dioses, más materiales, más mundanos, más egoístas. Probablemente hayan fallecido.

O quizá sólo se oculten muy bien.

Intento pillarlas desprevenidas. Me levanto del sofá, me dirijo a la cocina, me preparo un café. Las estoy engañando, fingiendo que no pretendo escribir, que no me importa dónde están, que no pienso en ellas a todas horas, cada minuto, segundo, con angustiosa ansiedad, de forma desesperada. Me obligo con dificultad a dejar de tantear en mi mente, retiro los tentáculos invasores, llevo paz y calma a los lugares que antes solían habitar mis ideas. Me inundo de tranquilidad. Disfruto de la bebida, que he endulzado demasiado. He comprobado en el pasado que el azúcar les gusta. Estoy haciendo trampas, lo sé.

No retorno a mi lugar en el sofá, sino que acarreo el ordenador hasta la terraza y tomo asiento allí. Hace buen día, soleado, tranquilo, los pájaros trinan, quizá demasiado, es perfecto. Un entorno desacostumbrado, pretendo desorientarlas, que se sientan confundidas acerca de mis intenciones. Tal vez crean de verdad que no pretendo escribir esta mañana, sólo leer, pasear un rato por *Falsaria*, cruzar caminos ya rastrillados por otros, sumergirme en esencias que no llevan mi sello, conocer más acerca de brujas, parques, guerras, abuelas, mares, dragones, amores, miedos, añoranzas, vergüenzas y otras mil emociones de las que roban el aliento, te enriquecen el alma, te hacen soñar.

Eso les encanta.

Suelen acercarse, tímidamente, a mirar, paladear, aprender, y, sí, alimentarse, pero sin llegar a vampirizar, sólo picoteando mínimos canapés de entre aquellos suculentos manjares. Dotadas de nuevas fuerzas, saltan entonces jubilosas, se empujan las unas a las otras para disfrutar de mejor visión, se confunden entre ellas formando una amalgama indistinguible de ideas, una maraña entrelazada y llena de nudos que se agrupa bajo el nombre de inspiración, hasta que deciden, en un arranque de temerosa valentía, separarse despacio las unas de la protección de las otras, dejarse desenredar y revelarse, con los brazos abiertos, exhibiendo un tímido y frágil despunte de belleza que me llena de felicidad.

Y... sí. ¿no las estoy viendo ahora por allí? ¿Qué es, si no, aquello que se aprecia a lo lejos, esa tenue no llega a sombra, ese halo vaporoso repleto de misteriosas promesas? Sólo el fantasma de una idea, muy difuso aún, imposible de aprehender todavía. Conteniendo mi impaciencia dejo de respirar, actuar, pensar. Me siento esperanzada, casi con lágrimas en los ojos, ante aquel resucitar inesperado de lo que ya creía cadáver. He de permitir que decida por sí misma materializarse y entregarse a mí, sola, por voluntad propia, que sea su mayor deseo regalarse para quedar inmortalizada en la pantalla primero, sobre un papel, después, ya para siempre. Avanza tímidamente, muy despacio, da un paso inseguro tras otro, a veces retrocede un poco y me da miedo perderla, pero no la apremio, la dejo a su ritmo, sabiendo que un interminable deslizarse, un lento fluir, es mejor que una carrera apresurada para después disolverse en la nada al casi llegar a la meta. Distingo su forma ya, sí, la veo, aquí está, la rozo con la punta de mis dedos anhelantes, cuando...

Suena el teléfono. Será la primera de las muchas llamadas que reclamarán mi atención en este día. Personas que conozco mucho, que quiero, que estimo menos, personas cuyo nombre no recuerdo apenas requieren mi atención, mi consejo, mi apoyo, mi pensamiento. Es el tributo necesario a pagar si una no vive en un castillo de cristal, sino inmersa en un mundo social, ese mundo que suele pedirte que le pagues por no dejarte sola, que te exige homenaje y servicio. Sin embargo, mis ideas odian la socialización. Son celosas, necesitan que me concentre sólo en ellas, me quieren en exclusiva, no comprenden que no puedo entregarme por completo a ellas.

Aquella frágil idea estaba ahí, hace un momento, a punto estuve de palparla, la soñé con dedos anhelantes, justo antes de la primera llamada. Cuando cuelgo, al fin, de forma definitiva ya el teléfono, sin que éste vuelva a reclamar mi atención para el resto del día, no necesito mirar para saber que mi pequeña, mi joven idea ha desaparecido, acobardada. El lugar que antes ocupaba está vacío. Ni rastro ya de ella. No más inspiración de momento. Me pregunto si la volveré a ver algún día.

Suspiro con resignación. La vida del escritor es difícil. Mi escritura me exige soledad y no puedo dársela. Mis ideas son implacables, pretenden ejercer sobre mí una tiranía sin piedad, para abandonarme con menos consideración aún en cuanto miro hacia otro lado. Desaparecen, se escurren de entre mis dedos y se ocultan en oscuros recovecos de mi mente.

La página seguirá en blanco también hoy.

1181 palabras, mayo 2015

18   *Sábado*

Las nueve y media de la mañana, Sábado. Hace una mañana espléndida. Casilda despierta y estira sus miembros sin abandonar todavía la cama. Hoy puede permitirse ese ramalazo de pereza. Por primera vez en mucho tiempo, demasiado, no cuenta con obligaciones del trabajo y dispone de un día entero, dos, con suerte, para dedicárselo a sí misma. Se ha propuesto no hacer nada. *Hacer*, ese verbo imperativo y exigente que suele determinar las horas de sus días será ignorado en el día de hoy. Se tomará un sábado sabático. Dieciséis horas de un vacío absoluto, total e inmaculado que no es necesario cubrir apresuradamente. Ninguna actividad aguardando impaciente a quedar completada. Es decir, lo que es, de verdad, *nada.* Sonríe, con esa felicidad íntima que sólo podrán comprender los pocos afortunados que se hayan encontrado alguna vez en su misma situación, y, no sin esfuerzo, rema con los pies en busca de sus zapatillas para bajar a prepararse el desayuno.

Son las nueve y cuarenta y cinco. A Casilda le ha dado ya tiempo de tomar un sorbo de café y probar un minúsculo bocado del donut del *dunkin*, aún aceptablemente tierno, que tuvo la previsión de comprar ayer a la salida del trabajo. Chocolate con arándanos. Una nueva variedad tentadora a la que no supo resistirse. Hoy vivirá su *nada* peligrosamente. En realidad no debería, pero un día es un día y este día en particular, este sábado sabático, es especial, casi único en su vida.

En ese momento suena el teléfono. Casilda experimenta una ligera irritación, pues se encontraba a punto de dejarse caer sobre la nueva butaca multicolor, comprada en Ikea en previsión de que llegara un día como este y aún no estrenada. Tenía intención de disfrutar de su desayuno sin pensar en nada más que en el intenso sabor del café y la suave textura del donut, devorándolo mientras miraba soñadoramente hacia el techo, la mente en blanco, y parece que ya no será posible. Consulta el identificador de llamadas. Es su madre.

Se trata de un reclamo de atención que no puede ignorar. Se resigna –no le queda otra-, intentando llenarse de pensamientos, pese a todo, positivos. Quién sabe cuánto tiempo podrá seguir oyendo aquella voz familiar y querida. Cuando ya no sea posible la echará de menos, lo sabe muy bien. Su madre sólo tiene sesenta años y una salud envidiable, pero lleva amenazando con el cataclismo que tendrá lugar después de su muerte desde que Casilda tiene uso de razón. Con un suspiro y una triste mirada de añoranza al glaseado de su donut que teme que ha de abandonar definitivamente –la madre exige atención exclusiva- descuelga.

El teléfono ha emitido un par de timbrazos de más mientras Casilda ha avistado un lugar seguro sobre el cual depositar momentáneamente el donut y el café y sabe que eso determinará tanto el humor del que encontrará a su madre como la duración de aquella llamada.

En efecto, la madre se encuentra en ese estado de enojo inexplicable y sin causa concreta y justificada que la llevan a lamentarse por todo y de todos. La voz que había calificado de querida se ha teñido de desagradable estridencia cuando, tras un brevísimo momento de silencio, sin duda aprovechado para inspirar profundamente y coger el aliento necesario para la perorata que seguirá, le recrimina a Casilda haberla asustado con su demora en contestar al teléfono. Casilda se cayó por las escaleras de su casa cuando tenía sólo siete años causándose un esguince en el tobillo izquierdo, aunque podía haber sido mucho peor, como la madre no se cansa de repetir a quien quiera oírlo y a quien no lo desee también. Desde entonces vive en la permanente angustia de que su hija mayor, que cometió la felonía de abandonar la segura protección del hogar materno para vivir en soledad, tenga un accidente mortal dentro de los fríos muros que ahora la rodean.

Casilda mastica lo que puede, intentando disimular esa leve desatención, y calla lo que puede también, pues sabe que es lo único que se le permite hacer en estas ocasiones para calmar a la madre.

Hora y media después su madre ya casi ha terminado su recorrido habitual explicando la incapacidad de su padre, doliéndose de mil enfermedades imaginarias que probablemente la llevarán a la tumba de forma inminente, protestando por lo mucho que explotan a su pobre hijo en el trabajo, y acusando a la descastada de su hija menor, hermana de Casilda, de tenerla abandonada. Casilda emite gruñidos de asentimiento en los lugares adecuados, pero en el último tema se resiste a opinar.

A su pesar, ha de reconocer que siente unos incontrolables celos de su hermana y esa culpa que no puede negar la lleva a tener cuidado con las críticas que expresa. No le ha perdonado a sus padres que para aquella no eligieran también un nombre caduco de otra tía abuela cualquiera. La hermana se llama Julia. Un nombre normal y cotidiano que no suscita extrañeza como Casilda. Esta diferencia tan sustancial con las que ambas fueron lanzadas al mundo con apenas dos años de diferencia determinó el transcurso de sus infancias. Julia siempre fue una chica alegre y feliz, mientras que Casilda…

Perdida en pensamientos nada venturosos Casilda apenas percibe cómo su madre cuelga el teléfono. Musita una despedida al auricular enmudecido y, distraída, alarga la mano para alcanzar los restos del café, con tan mala fortuna que derrama su contenido, bastante generoso todavía, sobre la flamante butaca. Se levanta de un salto, maldice, y corre a la cocina con intención de limpiar aquel desastre. A medio camino se detiene e intenta tranquilizarse.

Sigue en su sábado sabático y ha de ver las cosas de forma positiva. En realidad ha tenido suerte, el café ya no estaba caliente, no se ha causado ninguna herida. Son ahora algo más de las once, y aunque ha perdido la oportunidad de disfrutar del desayuno, no es tan grave, aún queda mucho de aquel maravilloso sábado. No debe permitir que una pequeña inconveniencia, algo tan escasamente trascendente como una mancha en un sillón, se lo estropee. Casilda traga saliva ante el último pensamiento, pues la butaca no le salió barata. Fue una de las pocas veces que cedió a un impulso repentino, un capricho. Sabía que le entusiasmaba a Julia, pero ésta no podía permitírsela. Ahora el tapizado está parcialmente arruinado. Tal vez sea un justo castigo por la sensación de triunfo que experimentó cuando tuvo el mueble en casa.

Se dirige con una bayeta en la mano a la butaca, decidida a no dejarse deprimir por el estado en el que la encuentre, cuando suena el teléfono. Casilda queda paralizada a medio camino de su destino. La duda la corroe. ¿Debe o no debe responder a aquella llamada? No reconoce el número, no sabe quién es, su butaca, la butaca de la envidiosa rivalidad fraternal, la espera. Pero algo hay en aquel aparato alborotador que impide al ser humano no acudir a su encuentro a toda prisa cuando grita reclamando atención y Casilda, aunque lastrada con un nombre muy particular, es igual a un ser humano cualquiera. Se consuela pensando que alguien, en algún lugar del mundo, está acordándose de ella en ese momento, lo piensa de forma positiva. Es un pensamiento entrañable. Sin reflexionar más sobre el tema, con bayeta aún en la mano derecha, descuelga, empleando para ello la izquierda.

Quien ha pensado en ella a aquella hora de la mañana, casi mediodía ya, las once y veinte, como comprueba Casilda con una rápida mirada al reloj que adorna la pared de su salón –este no es de *Ikea*, sino de *A loja do gato preto*, otro de los objetos *imprescindibles* de Julia-, es su prima Luisa. Casilda se deja caer sobre la alfombra –de un gris aburrido, a Julia no le interesaría, por eso lleva ya algún tiempo pensando en cambiarla- y se pone cómoda, apoyando con un silencioso quejido la espalda en un lateral de su butaca. Ahora se encuentra preparada para lo que haya de venir.

La prima Luisa es la portavoz familiar oficial y Casilda en realidad esperaba esta llamada, aunque tal vez lo hubiera relegado en su subconsciente a un momento más oportuno que precisamente este sábado tan fantástico y libre de obligaciones. Luisa está preparando prácticamente ella sola –siempre ha sido un poco dominante- la fiesta sorpresa para el nonagésimo aniversario de la abuela Carmen y necesita discutir con Casilda algunos detalles esenciales de etiqueta, como si resultará adecuado incluir un sorbete de melón en el menú del festejo cuando la tía Piluca tuvo una vez un desagradable incidente con precisamente aquel refrescante intermedio. Casilda no conocía la anécdota, o tal vez la había olvidado –una alergia con efectos casi fulminantes, de lo cual más de uno se hubiera alegrado como ambas saben muy bien- y recibe de su prima la información necesaria con todo lujo de detalles. Al quedar completada aquella escena, Casilda se siente como si hubiera realizado un Master en antihistamínicos, pero sabe que nunca estudiará la carrera de medicina, ni siquiera aunque Julia mostrase un repentino interés. Tranquiliza a su prima asegurando que el sorbete de melón, que es el favorito del abuelo, que en paz descanse, y también de la misma Luisa es de lo más conveniente, y se pasa la siguiente media hora ayudando a decidir si la tía María puede ser colocada en las proximidades de la tía Jacinta, su venenosa cuñada, o más bien no. No se acaba de concluir nada, pero la prima Luisa cuelga de forma apresurada en mitad de una reflexión porque su hija mayor, que tiene que asistir hoy como dama de honor a una boda, le pide, o más bien ordena a la madre que le planche ya el vestido que planea llevar. Casilda lo lamenta, pues estaba a punto de mencionar cómo la prima Teresa, hija de Jacinta, ha perdido ya por completo la figura, pero no la vergüenza, a juzgar por los modelitos que selecciona para los eventos familiares y explayarse con Luisa sobre esa cuestión. Ahora esa rama del saber ha quedado truncada. Se consuela pensando que las esperará para otra ocasión. Ahora de vuelta a su sábado.

    Casilda se pone en pie aún con la bayeta en la mano y contempla de modo crítico la mancha de café en la butaca, ya reseca a la una y media, hora que acaba de alcanzar ahora. Evitando por todos los medios alterarse, decide que no queda tan mal en un mueble multicolor. Le proporciona una nota diferente, distintiva. Si finalmente Julia adquiriese otra igual, ya no sería la misma. Ese pensamiento más que de consuelo, sirve para aumentar su frustración. Pero no, no debe haber frustración. Es sábado. Su sábado de la nada. Ahora puede ponerse a ello. Sabe que no logrará que la mancha desaparezca del todo, por lo tanto ni lo intenta siquiera.

Recoge lo que queda del donut para tirarlo a la basura. No merece la pena guardarlo, esas cosas industriales no se sabe de qué están hechas, pero se ponen duras y resecas enseguida. Casilda considera la posibilidad de quitarse transitoriamente el pijama y salir a dar un paseo por el barrio, aprovechando el buen tiempo que asoma por la ventana, pero desecha inmediatamente la idea. No, se había propuesto no hacer nada. Nada es nada. Se tumbará en el sofá, por suerte todavía inmaculado, y...

Suena el teléfono. Casilda frunce el ceño, una arruga tensa se instala en su frente y permanecerá allí un tiempo, afeando su expresión, que por desgracia ya no es relajada. Suelta la bayeta que aún sostenía en la mano encima del brazo de su butaca ahora original y diferente y se sienta de nuevo en el suelo, mientras recoge el auricular del teléfono que había soltado descuidadamente sobre la alfombra gris.

Esta vez es su hermana, Julia, la del nombre normal y corriente a la que Casilda no puede evitar envidiar. La madre tiene razón en lamentar la desaparición de su vida de la hija menor, Julia es independiente y disfruta de un éxito profesional que le impide dedicarse de lleno a su familia, o al menos eso aduce para justificar sus largas temporadas de silencio. Algo grave debe de estar sucediendo si utiliza el sábado para llamar a su hermana mayor y no a alguna amiga o amigo con quien divertirse a su aire.

La voz de Julia es llorosa, debe de haber alguna nueva emergencia en su vida. Julia es muy dada a las emergencias. Como si deseara compensar lo anodino de su nombre con una existencia extraordinaria, siempre está metida en algún problema. En este caso el asunto es realmente serio, aunque desde luego no vital, pese a que Julia insiste en que sí. Casilda descubre con sorpresa que su hermana ha contratado un viaje a la ciudad de Tokio con salida desde un aeropuerto próximo para el mes de junio. Se sentía muy orgullosa del escandalosamente bajo precio del billete pero acaba de encontrar en internet una oferta por la mitad de lo pagado. Casilda comprende el malestar de su hermana, pues, además de sus otros defectos, Julia siempre ha sido algo tacaña. Cuando Casilda consulta la cantidad que hubiera supuesto el ahorro no puede evitar soltar una exclamación ahogada que Julia naturalmente percibe y llevan a sus lágrimas a fluir con mayor fuerza.

Casilda suspira y acomoda la espalda en la butaca, pues la conversación será larga.

Julia se desahoga explicando en efecto largamente y con detalle todo lo que podría haber contratado con la cantidad ahorrada y que ya no será. Un lifting. Una depilación láser. Quizá aquellos zapatos escandalosamente caros que ha visto en una boutique de diseño. Casilda toma nota mental y sonríe cuando su hermana menciona la butaca multicolor de Ikea. No es el momento de mencionar que ya la ha comprado, lo guardará para cuando Julia sea menos infeliz. Cuando la enumeración es lo suficientemente extensa ya como para que la voz de Julia haya adquirido una entonación soñadora, pero antes de que pase a entusiasta —eso sería perjudicial para ambas- Casilda interviene con habilidad para guiar la conversación por las ruidosas calles de Akihabara. Nunca ha estado en Tokio, pero no hace mucho vio un programa en televisión en el que aprendió grandes cosas. Poco a poco, Julia llega a tranquilizarse, aunque no deja de sorberse la nariz durante una eternidad, costumbre que siempre ha molestado a Casilda se su hermana. Al final incluso ríe y le promete a Casilda no olvidarse de traerle una cámara de fotos último modelo que seguro que por allí tiene un precio irrisorio. Casilda no cuenta con ello, pero acepta el regalo que sabe que quedará en lo prometido y nunca abandonará el reino de lo imaginario. Julia se encuentra mucho mejor, y pretextando un sin fin de actividades pendientes aún que había planificado para aquel sábado, cuelga.

Son las tres de la tarde del sábado. La mañana ha desaparecido, pero aún queda la tarde. El estómago de Casilda protesta y ésta constata que no ha tenido tiempo de preparar nada para comer con tanta llamada. La siguiente la realiza ella misma, al japonés del barrio, pidiendo sushi a domicilio. En realidad, piensa, cocinar hubiera trastocado sus planes de no hacer nada, con lo cual el japonés hubiera sido en cualquier caso una idea excelente.

Cuando llega el sushi, poco más media hora después, y le es entregado de manos de un oriental en motocicleta, Casilda ya está enfrascada en otra conversación telefónica. En esta ocasión ha llamado Edu, su cuñada. En casa de su hermano, que, caprichos del destino, también se llama Edu, se come muy temprano, y ya está más que cumplida la sobremesa. Edu en versión femenina es una chica encantadora por la que Casilda siente gran simpatía y esa complicidad hasta la muerte que sólo pueden experimentar quienes comparten un nombre de pila ofensivo. Eduarda es algo mejor que Casilda, pero no mucho.

Edu quería preguntarle si va a haber comida familiar en casa de su madre/suegra el próximo fin de semana, teniendo en cuenta que concurren varios aniversarios familiares señalados: un santo, un aniversario de alguna boda y el de una licenciatura en una carrera universitaria. Edu es la hija que su madre siempre quiso tener, recuerda todas las fechas y además es un ama de casa perfecta. Su casa siempre está inmaculada y brilla como los chorros del oro y suele llevar a las reuniones familiares algún riquísimo postre de manufactura propia. Casilda no puede responder a la pregunta, lo que liquida ese tema de inmediato y lleva a ambas a discutir el modo más adecuado de vestirse para la fiesta de la abuela Carmen. Se habla exhaustivamente de la prima Luisa y su afán de protagonismo, también de la abuela, que está muy mayor la pobre. Sale por supuesto en la conversación Teresa, la hija de la tía Jacinta y Casilda queda satisfecha de la frustración que le causó la llamada de la prima Luisa. Cuando ambas concluyen que no poseen el vestido adecuado y deberán salir de compras próximamente para adquirir uno, preferiblemente, juntas, la conversación languidece y Edu cuelga con la excusa de ver qué está haciendo su hija. Por suerte para Casilda, el sushi no puede enfriarse, aunque encuentra el arroz un poco seco.

Casilda sabe que la despedida de su cuñada se fundamenta en una excusa, pues a las cinco cuarenta y dos, exactamente dos minutos después de que Edu colgara, llama la hija, su sobrina Leticia. A Casilda le ha dado tiempo de levantarse de la incómoda posición en la alfombra y sentarse en la butaca, manchada o no. Descubre que ha sido buena idea adquirirla, pues siente cómo reviven sus agarrotados miembros. Julia siempre ha tenido buen ojo para los objetos, y es buena idea guiarse por ella para las compras.

Su sobrina Leticia ocupará la franja horaria que ocupa el sábado desde las cinco cuarenta y dos de la tarde hasta las nueve y cuarto de la noche. Es una conversación ciertamente larga, pero informal, y a lo largo de ese tiempo Casilda da buena cuenta del sushi, incluso lamenta haber tirado el resto del donut a la basura pues ahora le vendría de perlas como postre improvisado.

La ocasión merece todos esos minutos de dedicación, aunque pertenezcan al sábado, pues Leticia acaba de tener una discusión monumental con su novio, la relación se ha terminado de forma definitiva por quinta vez este año y el estado de la joven es de extrema angustia. Leticia no puede volver a casa, pues su aspecto es lamentable y la madre, Edu, a la que no se le escapa nada, se daría cuenta inmediata del desastre. Por lo tanto prefiere hablar con su tía Casilda, que siempre ha sido su favorita. Julia es demasiado alocada, incluso para Leticia.

Casilda sabe que el ahora ya no novio de su sobrina no es demasiado bienvenido en casa de su hermano y tampoco a ella le agradaba, si ha de ser sincera, aunque nunca se lo había comentado a su sobrina, y tampoco lo hace ahora. Se trata de un chico guapo, pero bastante arrogante y algo chulesco, un tanto vago y por ello con escaso futuro profesional, de esos que no caen bien en los hogares políticos, y además es celoso hasta la exasperación. El novio sospecha que Leticia está liada con un compañero de estudios y su sobrina le asegura que no es cierto y no existe tal engaño, pues no ha sucedido nada entre ellos, al menos aún no, ya que Jorge y ella de momento sólo son buenos amigos, lo que hace suspirar a

Casilda, aliviada, que avista como próxima la posibilidad de un sustituto para el novio inconveniente. Leticia se encuentra en un estado de histeria y vomita imprecación tras imprecación, entremezclada con un llanto sobrecogedor. Casilda ratifica todos los adjetivos que su sobrina le dedica a aquel energúmeno impresentable, alentándola aún más si cabe y pregunta cuidadosamente qué tal es el compañero. Se le dibuja a continuación una imagen tan idílica que resulta sospechosa, pero Casilda, que ha caído en ello alguna que otra vez, sabe que el amor que es ciego y que probablemente el nuevo chico en la vida de su sobrina sea de lo más normal y corriente. Habrá que verlo para juzgar. Cuando está a punto de concluir que Leticia se ha tranquilizado lo suficiente como para llegar a casa de Edu con normalidad y sin hacer saltar todas las alarmas, en un cronometraje perfecto, el teléfono le anuncia una llamada en espera de su madre. Su madre suele tener ese don de la oportunidad tan maravilloso.

Como Casilda ya ha sido aleccionada lo suficiente a lo largo de su vida como para saber que las madres no deben esperar, se excusa con Leticia, que ya no la necesita, asegurándole que todo irá a mejor, y, sin haber recuperado del todo el aliento, cambia a la llamada de su madre. A esa hora de la tarde-noche siente ya la voz algo tomada y un ligero mareo, pero la espalda sigue perfecta. La butaca es maravillosa. Casilda no tiene tiempo para pensar en qué día se encuentra cuando comienza a hablar su madre.

La buena noticia es que la madre no quiere nada, nada en particular, por lo menos. Acaba de comenzar el partido en el que el equipo favorito de su padre se juega algún triunfo importantísimo y prevé instalarse en ella un aburrimiento que desea soslayar comunicándose con su hija. Con la mayor, porque ya se sabe que con Julia no se puede contar. Edu está muy ocupado con el trabajo y además es hombre, no es lo mismo, y, lo más importante, lo tiene allí en su sofá viendo el partido con su padre. Casilda sabe que así su madre es feliz, y se relaja. La madre le pregunta cómo lleva el sábado de descanso y si ha realizado alguna actividad de provecho. Las siguientes dos horas –el partido tendrá prórroga- se pasarán volando comentando la fiesta de la abuela, la inconsciencia –y tacañería- de Julia, el bizcocho de nueces de Edu –su madre piensa que el suyo es mejor, aunque Casilda no recuerda que jamás hubiese preparado alguno- y lo impresentable del novio de la niña.

A las once y media de la noche, con el partido recién finalizado, su madre se queja de lo mucho que la ha entretenido Casilda que no la ha dejado preparar la cena para sus hombres y, sin más comentarios, cuelga.

Casilda, con ambas orejas ardiendo -se ha cambiado el auricular varias veces de lugar-, un calambre en la mano y, ya abiertamente, náuseas, cuelga a su vez. El teléfono lleva tiempo pitando, anuncia que también se ha agotado su batería, la de Casilda se ha terminado hace tiempo. Se va a la cama directamente, sin cenar. No podría ingerir bocado y todo le da vueltas. Está muy cansada y se siente levemente afónica. El sábado ha terminado, pero no tiene tiempo de lamentarse. Antes de llevar a término el pensamiento la vence el sueño.

El domingo por la mañana Casilda despierta a las nueve y cuarto. Se siente agotada, como con resaca, le duele la cabeza y le cuesta abandonar la cama. Se arrastra hasta el salón y, antes que nada, descuelga el teléfono.

Con una sonrisa que pretende ser feliz, pero que se malogra a medio camino, se dirige a la cocina a fin de prepararse café y tostadas para el desayuno. No le quedan donuts. Se toma el café a pequeños sorbos. La tostada está algo seca, pero no importa. Se sienta en su butaca dispuesta a disfrutar de la nada, feliz. Un domingo sabático, no está mal.

El café la vivifica, y las tostadas le sientan muy bien. A las diez Casilda se siente ya plenamente recuperada. Está preparada, perfectamente, para no hacer nada, para disfrutar de la manera más plena de su domingo sabático. Toma asiento en su butaca, respira profundamente y se relaja.

Silencio. Paz. Descanso. Nada. Aquello es la suma felicidad. Lo que llevaba ansiando tanto tiempo, quizá toda su vida.

A las diez y media de la mañana, Casilda cuelga el auricular del teléfono, mientras mira esperanzada hacia el aparato. Demasiado silencio. Descubre que se aburre.

Mucho. Está empezando a pensar que la nada está sobrevalorada. Tal vez, si alguien la llamara…

4086 palabras, junio 2015.

19   *Amor sin fin*

Era una mujer maravillosa. Se sentía muy feliz por haberla conocido, el más afortunado de los hombres al descubrir que, por alguna milagrosa y aparentemente imposible concurrencia de los hados, ella le amaba.

—¿Me quieres? —le había preguntado Sonia aquella mañana con voz somnolienta, aún entre sábanas, mientras él se vestía apresuradamente. Se había detenido para inclinarse a besarla con la ligereza de una pluma, apenas rozándole los labios, regalándole una sonrisa luminosa antes de marcharse.

No dejó de pensar en ella durante todo el día. Un cuerpo escultural, una belleza que arrebataba el aliento, joven, inteligente, divertida, ¡y le amaba a él! A él que no era más que un hombre insignificante, con una vida –hasta entonces- igualmente insignificante y que no comprendía cómo se había convertido en merecedor de tanto amor. Ella podía aspirar a algo más, a mucho más, y, sin embargo, le había elegido a él. Habían pasado juntos todo un fin de semana, sin separarse apenas el uno del otro, sin dejar de tocarse, de mirarse, de amarse… Al pensar en ello sintió que se despertaba en él un familiar cosquilleo. Había sido sin duda alguna el mejor fin de semana de su vida.

    Un pitido familiar de su teléfono móvil le avisó de un mensaje entrante. Sonrió. Era de ella. Le echaba de menos. Llevaban poco más de dos horas sin verse y ya le echaba de menos. Le respondió inmediatamente con una serie de emoticonos y unas palabras de amor apasionado y le prometió compensarla aquella noche, haciéndole notar su propia impaciencia también. Ella pareció satisfecha. Siguió con sus cosas, prestando atención sólo a medias en el trabajo, pero con el corazón henchido de felicidad. De vez en cuando algún que otro pitido voluptuoso le recordaba su cita de aquella noche y el mensaje era devuelto con idéntica pasión. Normalmente disfrutaba con su trabajo, pero aquel día se dio prisa por terminar sus tareas. Fue descuidado, aunque no le importó demasiado. Nunca le había parecido tan larga su jornada. Se sintió tremendamente aliviado al salir.

*

Suárez había metido la pata una vez más y, como no podía ser de otro modo, le tocaba a él arreglar aquel desaguisado. Significarían, al menos, dos horas adicionales de un trabajo duro, innecesario e inútil. Resopló, indignado. Se sentía cansado últimamente, muy cansado, y sumar a sus propias tareas la obligación de rehacer el trabajo deficiente de otros no era precisamente de lo que más necesitado andaba.

Sacudió la cabeza con resignación. De nada le serviría alterarse. Había que hacerlo, por lo tanto era mejor abordarlo cuanto antes. Un pitido del móvil. Tenía la vaga consciencia de que ya había sonado antes, mientras el jefe le transmitía las malas noticias. Lo consultó, distraído, la mente puesta en la desagradable tarea que le aguardaba y al reconocer al remitente se le escapó una leve sonrisa. Era de ella. Sonia. Una semana juntos ya. Noches de pasión, mañanas perezosas con ausencia de desayunos, días repletos de provocadoras promesas a través del teléfono móvil cuando sus mutuas obligaciones les impedían estar juntos. Un nuevo fin de semana mágico, de largos y lentos paseos por el campo con las manos entrelazadas. A Sonia le apasionaba la naturaleza. Una mujer sublime. Algo insegura, según había descubierto con sorpresa, pero sublime. Estando junto a ella, era posible olvidarse de todo…

—¡Te he enviado un *buenos días* hace ya casi veinte minutos y no me has contestado! —decía el mensaje—. ¿Qué ocurre? ¿¿Ya no me quieres??

Mientras leía, sus labios volvieron a separarse en una sonrisa, en esta ocasión sin embargo ya no tan alegre. Le pareció verla mientras le escribía, aguardando impaciente su respuesta aún tumbada en la cama, vestida con un salto de cama minúsculo, frunciendo la boca con fingido reproche. Sonia no trabajaba por las mañanas, no trabajaba tampoco los lunes. Era una mujer económicamente independiente, más aún, disfrutaba de libertad también en relación a su trabajo. Suspiró. No sabía lo afortunada que era. No había ningún Suárez en su vida que viniera a enredar las cosas.

Intentó calmarse un poco. Su diosa reclamaba su atención y era consciente de que él no estaba respondiendo de la forma adecuada. Maldito Suárez que no le dejaba concentrarse. Le envió un mensaje que pretendió ser apaciguador, pero que él mismo notó poco afortunado. Amaba a Sonia, más que nada en el mundo, pero no podía detener su pensamiento en ella, no todo él como ella sin duda merecía, en aquel momento no. Su mente giraba en torno al problema de Suárez, necesitaba encontrar una solución pronto, y, tal vez, allí oculta, a lo lejos, en el fondo de su mente, vislumbraba una posible...

Un nuevo pitido. Con un gesto mecánico tecleó en su móvil y lo leyó.

—¡Has dejado de quererme! ¡Lo percibo incluso a través de la distancia! Esa frialdad en tu mensaje...☹ Tenemos problemas. ¿Podemos hablar? Por favor, hablemos de ello. Te llamo.

Se apresuró a responder. No podía hablar con ella en aquel momento. El jefe ya le había dirigido varias miradas incómodas al verle allí parado, teléfono móvil en mano, sin actuar. El asunto de Suárez requería su inmediata atención y también toda su habilidad. Sintiéndolo mucho, Sonia tendría que esperar.

—¡Te aseguro que te quiero! ¡Mucho, más! No puedo hablar ahora. Nos vemos esta noche. Mil besos.

Ignoró el nuevo pitido, puso el teléfono móvil en silencio, lo apartó a un lado e intentó concentrarse.

*

Se trataba de una operación complicada. Sentado ante la pantalla, tenía al jefe justo detrás, mirando por encima de su hombro, consultando ambos conjuntamente aquellos documentos comprometidos. Revisando el trabajo de Suárez habían descubierto que su incompetencia era mucho mayor de lo que habían pensado en un principio. Las irregularidades se remontaban a años atrás. Le habían despedido de inmediato. La empresa podía asumir perfectamente el volumen de trabajo con un empleado menos, pero tal vez no del modo en que Suárez había enredado los papeles. Con una inspección en puertas, el jefe estaba desesperado, pero confiaba en él. Sabía que él podría arreglarlo.

Probablemente podría, aunque su concentración no era la mejor en los últimos tiempos. Aquel insomnio persistente, aquella palidez suya, la había atribuido al estrés, al agotamiento por los cambios que se habían producido en su vida. Había adelgazado mucho, pero no se había preocupado, apenas disponía de tiempo para sentarse a comer con tranquilidad, se alimentaba con cualquier bocado apresurado tomado en cualquier parte. Sin embargo, la consulta rutinaria al médico, impuesta por la empresa, había revelado la presencia de algo extraño en su cuerpo. No le había gustado la expresión del médico. Un rumor desagradable se había instalado en la profundidad de su estómago, *la garra del miedo*, solía llamarla su padre, que había fallecido de cáncer de pulmón a los sesenta y cuatro años, justo tres meses antes de la fecha prevista para jubilarse. En el cáncer se suponía un factor hereditario. Él no fumaba, pero...

El jefe le señaló algo en la pantalla. Intentó apartar aquellos pensamientos tan oscuros de su mente y concentrarse en el trabajo, o mejor dicho, en el trabajo no realizado por Suárez. Un pitido. El móvil. Había dejado el aparato encima del escritorio, de forma descuidada, en sus prisas por dedicarse a la desagradable labor que le esperaba y había olvidado quitarle el sonido. El jefe frunció el ceño.

Desplazó la vista levemente y vio el mensaje entrante reflejado en la pantalla. Desde donde se encontraba no podía distinguir bien el contenido, pero le pareció que las muchas letras estaban rodeadas de signos de exclamación e interrogación abundantes. Ya había supuesto que se trataba de Sonia. Había olvidado de nuevo enviarle el *mensajito de buenos días* como ella lo llamaba.

No pudo evitar un suspiro.

La semana anterior había sido mucho menos maravillosa. El lunes había llegado tarde a casa de Sonia, muy tarde, horas después de lo anunciado, totalmente agotado y odiando profundamente a Suárez y ella le había recibido con el rostro demacrado surcado por las lágrimas. No había dejado de llorar durante toda aquella angustiosa noche más que para explicarle con voz entrecortada lo infeliz que la hacía con su desatención. Él se sintió inmediatamente culpable. La había hecho ilusionarse en vano con una romántica cena en común de la que debido a su tardanza no habían podido disfrutar y la había dejado angustiarse todo un día simplemente por no tomarse el tiempo necesario para aclarar las cosas. Si ya no la amaba, si no deseaba estar junto a ella, le bastaba con decírselo y ella se retiraría. Pero había sido sumamente cruel al mantenerla en la ignorancia durante horas, durante largas e interminables horas en las que pensó que no volvería a verlo nunca más.

Él consideró explicarse y explicarle todo lo de Suárez, pero lo desechó de inmediato. Sonaría a excusa, a ella no le interesaría, y además no deseaba contaminar una relación en la que tantas esperanzas había puesto con problemas del trabajo. La amaba, de modo que no dijo nada, se limitó a escucharla, a soportar en silencio sus lágrimas hasta que estas fueron remitiendo, a esforzarse por hacerla sonreír de nuevo. Le costó, pues la infelicidad de Sonia no remitió en una sola noche y poco avanzó en aquel sentido las noches siguientes en la que, cansado, Suárez en mente, se había obligado a arrastrarse hasta la casa de ella para que no cayeran sobre él nuevas sospechas de abandono. Finalmente, el fin de semana nació un tímido rayo de esperanza. Habían pasado todo el tiempo juntos, dedicados de nuevo a pasear por los espléndidos parques que Sonia admiraba y él había respirado aliviado cuando, a última hora del domingo, la había visto esbozar una sonrisa. Aquella misma mañana se habían despedido como en los viejos tiempos. Y luego él se había vuelto descuidado y se había olvidado.

—¡Mira aquí! — insistió el jefe señalando de nuevo la pantalla en aquel momento. Apartó el pensamiento de Sonia y siguió el dedo con la mirada. Después se volvió a mirar a su superior y esbozó una sonrisa. Una esperanza, sí. Sería difícil, pero...

El jefe asintió, le dio una palmadita en el hombro y se alejó, permitiéndole la tranquilidad necesaria para trabajar en la solución que acababan de descubrir. Se recordó a sí mismo que tenía que llamar al médico para consultar el resultado de las últimas pruebas que le habían realizado. También tendría que ocuparse de Sonia, pero no quería pensar en ello todavía. Sonia le exigía unas energías de las que en aquel momento no disponía. Pensó con horror en una noche que repitiera lo vivido el último lunes. Con la solución al problema de Suárez a la vista no podía permitirse más noches en blanco, defendiéndose de reproches por su desamor. Tal vez la llamara más tarde y le comunicara que, por una vez, prefería dormir en su propia casa. Lo necesitaba, necesitaba encontrarse despejado por la mañana. Ella lo comprendería. Se querían. Tendría que comprenderlo. La pantalla del teléfono móvil se iluminaba de vez en cuando con el aviso de mensajes entrantes. Lo ignoró y fijó su atención en el trabajo.

*

Un tumor. Tal vez benigno, pero un tumor. Aquella noticia había impactado en él como un golpe con el mazo y la garra del miedo de su padre se había convertido en protagonista absoluta de su vida.

No se lo había contado a nadie. No a sus compañeros de trabajo, no a sus amigos, o a su hermana, que llevaba tiempo recriminándole lo delgado que se encontraba, y, por supuesto, no a su madre, que tanto había sufrido con la enfermedad del marido.

Tampoco había sido capaz de hablarlo con Sonia.

Lo hubiera necesitado, o al menos eso pensó cuando le comunicaron la noticia. Lo había sospechado ya cuando el médico, amigo personal suyo al que conocía desde los tiempos del instituto, había insistido en hablar con él personalmente y se había pasado por la empresa, secuestrándolo para un café en un bar cercano. Lo había visto en su mirada, incómoda, valiente, dolorosa aún antes de que le explicara los hechos. Inmediatamente había pensado en Sonia.

Había ansiado en aquel momento correr a su encuentro y llorar sin avergonzarse, refugiado en su cálido pecho, sintiendo el consuelo de las caricias de sus delicados dedos. Había agradecido al médico su demostración de amistad, prometido acudir al hospital lo antes posible, y después marcado a toda prisa el número de Sonia.

La encontró fría, distante y las palabras que había tenido ya preparadas para reclamar su atención murieron antes de ser pronunciadas. No parecieron adecuadas.

—¿Me llamas para hablar de lo que nos está pasando? —había preguntado ella secamente y él se había quedado mudo.

—Sí — había balbuceado, inseguro—. No —había añadido inmediatamente, y, tras un ominoso silencio, había añadido:

—¿Cómo estás?

—¿Cómo esperas que me encuentre con lo que me estás haciendo? —había contestado ella, y después de aquello confesarse ya no fue posible. Había atendido sus insatisfacciones unos minutos más, sin saber cómo ni qué responder y no se había sentido capaz de consolarla con alguna actividad lúdica de su agrado para el inminente fin de semana como ella sin duda esperaba. El tumor se lo impedía.

Aquello había ocurrido el viernes. Cierto, no había pasado junto a ella las noches anteriores, ninguna noche. El problema de Suárez había acaparado toda su atención y se había quedado en el trabajo hasta altas horas de la madrugada, con el jefe a su lado, prometiendo compensaciones y ascensos. A veces, cuando al fin apagaba el ordenador, mareado, se había planteado enviarle algún mensaje a su diosa, a la que echaba mucho de menos, pero una mirada a la hora le había disuadido. Las dos de la mañana. Sonia, según le indicaba whatsapp, se había conectado por última vez a las 11. Llevaría horas durmiendo. La llamaría por la mañana.

Y por la mañana había surgido algo que reclamaba su atención urgente y la llamada se había convertido en un rápido mensaje expresando un cariño que nunca había dejado de sentir. Ella respondía de inmediato exigiendo hablar. Él lo aplazaba a la noche. Ella insistía y él se veía obligado a ignorar sus mensajes silenciando el móvil para poder concentrarse. Y luego, por la noche...

Se había prometido llevar a Sonia de viaje aquel verano con el extra económico que todas esas horas de más le reportarían, arreglarían las cosas entonces, sería como al principio, estaba deseando oírla reír de nuevo, sentir en su hombro el peso de la cabeza femenina, disfrutar de su pasión por las noches.

Ahora todo aquello no sería posible. Tampoco le era posible pasar con ella el fin de semana. El problema de Suárez afortunadamente se había solucionado, pero el lunes ingresaría en el hospital y necesitaba ver a su familia. Despedirse de su madre, por si acaso. Estar solo, prepararse. Sonrió amargamente. Hubiera sido maravilloso poder compartir aquello con Sonia, pero no podía ser. Sonia era una diosa, y las diosas no estaban hechas para acompañar a los hombres. Necesitaban adoración constante, atención exclusiva, y eso él, simple mortal, no podía darlo. A su pesar, tendría que dejar de verla.

*

—Y me dijo algo de vampirismo afectivo —lloró Sonia mientras le comentaba a su mejor amiga su último fracaso sentimental.

Elia se escandalizó.

—¡Vaya sinvergüenza! ¿Cómo puede hablarte así? Te promete el oro y el moro el primer fin de semana y luego si te he visto no me acuerdo —comentó. Elia era muy amante de la paremia.

—¡Y no se podrá quejar de desatención por mi parte! —se defendió Sonia—. Le enviaba un mensajito de buenos días todas las mañanas, le preguntaba qué había desayunado y si me echaba de menos. Le explicaba cuánto le echaba de menos yo a él, con todo detalle, le contaba lo que hacía en cada momento, le preguntaba qué hacía él...

Tuvo que interrumpirse para sonarse la nariz.

—¿Y él no te respondía? —preguntó Elia con curiosidad.

—Al principio, sí —concedió Sonia una vez se hubo tranquilizado—. Me devolvía el mensajito de por la mañana, me enviaba bromas y chistes... No se limitaba a responder a mis mensajes, ¿sabes?, enviaba él alguno también por iniciativa propia.

—Ajá —asintió Elia, indicando con ello a su amiga que continuara el relato.

—Pero después, de repente, la segunda semana, tardó más en responder, como si no estuviera ya pensando en mí. Le pregunté si pasaba algo, quise aclararlo, pero se negó a hablar. Contestaba a dos de cada tres mensajes, y a desgana, sin cariño, se notaba. Me hacía muy infeliz.

—¿Se lo dijiste? —preguntó Elia, preocupada por el correcto proceder de su amiga.

—¡Por supuesto! — se defendió ella—. Le expliqué que no podía tratarme así, que yo tenía mis necesidades... Que debía decirme que me quería en cuanto se lo pidiera, para que yo no perdiera seguridad...

—¿Y? —inquirió Elia.

—Al principio pensé que lo había entendido. Se esforzó aquel fin de semana, aunque, claro, yo estaba enfadada y me encontraba triste y me ocupé de que lo percibiera, para que no continuara con aquel comportamiento egoísta. Pero...

Sonia se interrumpió, lloró un poco mientras su amiga la consolaba, y continuó cuando se hubo tranquilizado.

—Pero después del fin de semana... —hipó— ...ya no se acercó por mi casa por las noches. Sin ofrecerme explicación. Bueno, sí, que estaba cansado, que tenía problemas en el trabajo, me decía. ¡Y luego comprobaba que se conectaba a whatsapp a las dos de la mañana!

—Está con otra —sentenció Elia con convicción.

—Eso creo yo... Y ya el fin de semana siguiente... Me llama el viernes, pero no me dice nada. Y todo el tiempo el móvil sin cobertura. Y el lunes por la mañana, que debe de tener diez mil mensajes míos aguardando, exigiéndole hablar, nada de nada. Sin noticias. ¡Que me ha dejado, Elia, me ha dejado! Y sin dar explicaciones.

—Eso parece —concedió Elia—. Pero espérate un poco, mujer. Quizá todo esto tenga una explicación lógica y él te quiera de verdad...

—Pues si me quiere... —interrumpió Sonia, furiosa— ...tiene que demostrarlo. Y él no sabe hacerlo. Sólo piensa en sí mismo, sin preocuparse de cómo estoy yo. Que estoy mal, muy mal. Ha convertido mi vida en un infierno. Y él estará disfrutando por ahí. ¿Sabes lo que te digo? ¡Ahora mismo bloqueo su número! ¡No quiero saber nada más de él!

Elia compadeció profundamente a su amiga. Era una chica maravillosa, divertida, inteligente, guapísima. No se explicaba por qué tenía siempre tan mala suerte con los hombres. Siempre la abandonaban.

Suspiró y siguió consolándola un par de horas más. Estaba en el trabajo, pero aquello no importaba. Poseía gran habilidad para sujetar el teléfono entre cuello y oreja y trabajar de forma más o menos eficiente mientras hablaba. Estaba acostumbrada, no era la primera vez que Sonia le enviaba un mensaje urgente a primera hora de la mañana solicitando hablar, y, claro, había que atenderla. Una amiga siempre ha de estar ahí, disponible, para cuando otra amiga se siente infeliz.

3187 palabras, junio 2015.

20 Ritual

Aquella mañana, cuando se disponía a ir al instituto, el perro comenzó a ladrar. Se trataba de un ladrido extraño, desacostumbrado en él. Simplemente la miró, como al descuido, y como si no estuviera del todo seguro de lo que hacía expresó su disgusto por el abandono al que se le sometería en breves instantes. Marta se sorprendió.

Aníbal llevaba con ella algo más de seis años, un bichón maltés de un blanco inmaculado juguetón y simpático, quizá a veces excesivamente cariñoso. Solía vigilar su sueño cada noche desde la alfombra situada a la izquierda de los pies de su cama, pero en todos los años que llevaba ya asistiendo al instituto -aquel sería el último- el perro jamás se había alterado por pasar sus mañanas en soledad. A Marta aquello le pareció extraño, pero no le dio mayor importancia. Rascó a Aníbal levemente tras las orejas y el animal pareció tranquilizarse.

No lo esperaba, pero ese fue un buen día. Usualmente se arrastraba penosamente por las largas horas cuya presencia en un centro educativo le exigía la enseñanza obligatoria, pero la mañana del día en el que su perro le ladró fue diferente. Sintió despertar en ella un interés desacostumbrado por la clase de Literatura, donde se sintió atraída de inmediato por el relato que tocaba leer. El profesor de Geografía la apartó en privado para transmitirle su agrado por el último trabajo entregado. Marta se había esforzado, pero no esperaba tal distinción. Incluso la docente de Historia de la Filosofía, una mujer casi anciana, enjuta y seca como en el poema de Machado y a la que por ello, pese a que no iba mal vestida, sus compañeros apodaban despectivamente *la maestra*, se había animado a dedicarle algún elogio. Marta llegó a casa exultante y acarició, feliz, la cabeza de su perro.

—¡Me has traído suerte —exclamó con simpatía y Aníbal movió el rabo, como asintiendo, agradecido por el reconocimiento.

Al día siguiente Aníbal no ladró, ni al otro tampoco y las clases retornaron a su tedio habitual. Marta seguía arrastrándose penosamente por la rutina, deseando que llegara el final de aquel curso.

Entonces, inesperadamente, apenas unas pocas semanas después, aquello se repitió. Mientras Marta seleccionaba a toda prisa, pues llegaba tarde, los zapatos que llevaría aquel día, Aníbal ladró de nuevo. Ella se detuvo en lo que estaba haciendo y se quedó mirándolo con sorpresa y él pareció devolverle la mirada con idéntico asombro, como si su intervención hubiese sido involuntaria. No hubo tiempo para más, Marta corrió a clase y tuvo un día inesperadamente maravilloso que le hizo sentir un entusiasmo inexplicable por lo que estaba haciendo.

Cuando llegó a casa, Aníbal esperaba, con una mirada que le pareció absurdamente inquisitiva, y Marta titubeó, sin saber muy bien cómo actuar. Alargó una mano insegura y rascó una oreja. El perro pareció satisfecho y se alejó, trotando feliz, dejando atrás a una Marta muy confundida.

Las mañanas que siguieron a aquella fueron todas ellas acompañadas de ladridos, en diferentes grados de intensidad. A veces Aníbal emitía sólo uno, perdido y solitario, como el primer día en el que se iniciara aquel extraño ritual, a veces los ya familiares sonidos acompañaban a Marta mientras realizaba todas las mecánicas tareas matutinas: desayuno rápido, cepillado de dientes, alisar el pelo rebelde. Cuanto más ladrara su perro, mejor día amanecía para su dueña. Disfrutaba con la enseñanza como nunca pensó que haría y siempre había algún pequeño triunfo que reseñar.

Los escasos días que su perro no ladró, uno de ellos, dos tal vez, en los que un Aníbal desganado se limitó a mirarla somnoliento y aburrido desde la alfombra sin emitir sonido alguno, Marta retrocedió a unos tiempos que creyó haber dejado ya atrás: se aburría soberanamente y los minutos se transformaban en pequeñas e insoportables eternidades. De modo que Marta aprendió a consultar el oráculo de su perro cada mañana al amanecer un nuevo día, temerosa de lo que sucedería. Si ladraba el día sería inmejorable, si Aníbal simplemente le dirigía una mirada apática, no debía esperar nada bueno. Aquello se convirtió todas en un ritual entre ambos, secreto, extraño, pero que nunca fallaba.

La noche anterior al día en el que se había fijado el examen de matemáticas, Marta apenas durmió y si alguien le hubiera preguntado probablemente hubiera señalado que aquel nerviosismo se debía menos al examen en sí que a la duda de si a la mañana siguiente ladraría su perro. Las matemáticas eran su punto débil, su talón de Aquiles. Marta poseía una mente ágil y despierta, con ciertos tintes imaginativos y soñadores y la fría lógica de los números nunca había conseguido atraerla. Su expediente cojeaba en aquella materia en concreto, pero hasta entonces, con mucha paciencia y un esfuerzo ingente, muchas horas de estudio y escasas de sueño, había conseguido mantenerse a flote, no caer totalmente en el fracaso. De aquel último examen sin embargo dependía todo, todo su futuro, o así lo sentía ella, pues era consciente de que, si la suerte no estaba de su lado y no comprendía bien las preguntas que se le formularan, podría suspender con la calificación más baja posible. Aquello determinaría su nota media final y decidiría en gran parte qué carrera universitaria podría seguir. El examen de matemáticas era la clave. Y aprobarlo o no dependía de Aníbal.

Sintió un vago malestar mientras se preparaba por la mañana, pues el perro, en apariencia totalmente despejado, la acompañaba a todas partes, pero no ladraba. Marta lo consultó con la mirada en varias ocasiones, pero él se limitaba a alzar la cabeza y a mover pensativamente las orejas, ignorando la creciente angustia de su dueña.

Finalmente, una Marta muy infeliz se dirigió a la puerta de salida, los hombros caídos, el corazón angustiado, desolada, derrotada, anticipando ante el abrumador silencio el peor de los destinos posibles. Pero no llegó muy lejos. De repente encontró un inesperado obstáculo en su camino. Aníbal se situó a toda velocidad entre la puerta y ella, y, con una furia que Marta jamás había visto en él en todos los años que llevaban conviviendo, le ladró como si se tratara de una desconocida. Saltando a su alrededor con gran agitación, gruñó amenazante, le mordió los pies, y, con todo el ímpetu que le permitía su corta estatura, intentó impedir insistentemente su marcha.

A Marta se le saltaron las lágrimas. Se acuclilló hasta ponerse a la altura de su perro, que no dejaba de ladrar, rabioso, y acercó la mano al animal inquieto, que se apartaba de ella para no aceptar una tranquilizadora caricia.

—Gracias —musitó— con los ojos anegados en lágrimas—. Gracias, Aníbal, gracias.

Logró liberarse de aquel furibundo acoso y se marchó a clase, el corazón lleno de gozo, dispuesta en aquel día brillante a realizar el mejor examen de su vida.

Una vez libre de la presencia de su dueña, Aníbal se tranquilizó de inmediato, se tumbó de nuevo en la alfombra y se limitó a esperar. Suspiró. Su vida se volvía cada día más difícil y exigente.

1178 palabras, mayo 2015.

21 *Zapatos*

Quizá otras mujeres prefieran las joyas, yo, en cambio, adquiero unos zapatos después de cada desengaño sentimental.

Me ayudan a no sucumbir ante esa angustiosa sensación de fracaso, otro, una vez más; a sobrevivir a esa triste soledad cuya amenaza, rauda e imparable, veo acercarse de forma implacable para tomar posesión de mí; a suavizar, con esos familiares contornos que despiertan mi gozo, los instantes de primera y omnipresente ansiedad.

Cada uno de mis zapatos guarda en sí, secretamente, una historia, y yo las recuerdo todas. A veces, cuando me acerco al armario para decidir cuáles elijo, a cuál de ellos dejo envolver mis castigados pies para acompañarme en cualesquiera que sean mis quehaceres, los acaricio nostálgicamente con la mirada, rememorando con placer que ya no causa dolor a aquel que los inspiró.

Ahí está Marcel, francés, sofisticados zapatos de salón procedentes de la exquisita imaginación de algún diseñador de renombre. El tacón de aguja de quince centímetros quita el aliento, su cuerpo imitando un intrincado encaje despierta la envidia de quien lo ve, con ellos no se puede caminar sino con la cabeza orgullosamente alta. El color es, no obstante, discreto, elegante, nada de estridencias llamativas, nada de atrevimientos: un rico y saturado azul marino. Siguen como nuevos, sólo los vestí en una única ocasión, o dos tal vez, no más de tres. Disfruté mostrándome en público con ellos, pero pronto comprendí que no podían ser para mí. Me hicieron tanto daño, me causaron heridas tan profundas y lacerantes, que tardé bastante en recuperarme de aquello, en ser yo misma otra vez. Aún así ocupan un lugar muy especial en mi colección. Me hacen pensar en lo que quise ser y aunque fuese sólo por un instante fui. Me gusta mirarlos, añoro lo que me hacían sentir, o, si no es a mí, a ese otro yo que de algún modo anida en mí.

Justo a su lado he colocado a Javier, sencillas sandalias con una sola tira de cuero que abraza finamente, pero con firmeza, los dedos de mi pie y retrocede después para ocuparse también de mi tobillo. Son pardas, muy básicas, sin teñir, planas. No me atrajeron de inmediato, pero me sedujo su más que evidente lado práctico. Lo mismo servían para un uso excepcional que diario. Me las puse hasta casi gastar sus delgadas suelas, siempre estaban ahí, al alcance, saltándome a la vista, sin exigir nunca nada, y por eso durante un tiempo fueron las más elegidas. Parecían las compañeras perfectas para todo tipo de situaciones, tan silenciosas que no notabas que las llevabas puestas, no apremiaban ni encorsetaban, estar acompañada por ellas era como ir descalza. Finalmente me cansé de sentir aquella falsa desnudez de mis pies, creí que necesitaba algo más. A veces me arrepiento de aquel trato injusto y pienso que tal vez su discreta lealtad mereció otra recompensa. Pero es tarde para arreglarlo, no es posible volver atrás y no puedo verlas ya como antes, me son demasiado aburridas.

¿Y qué decir de Andrés? Las zapatillas altas de lona blancas, pero con un dibujo provocador, gracioso, sorprendente, en un lateral. Eran cómodas, se adaptaban a mi planta como si hubieran nacido allí mismo. Aunaba todo lo que yo creía necesitar: Caminar con ellas resultaba fácil, pero era del todo imposible olvidar que estaban allí. Despertaban el entusiasmo de quienes las conocían. No podían evitar acercarse a mí para admirarlas y elogiarlas, contagiarse de la chispeante animación que exudaban. Cuando las tenía conmigo la vida se me antojaba fácil, más ligera, desenfadada, una diversión constante. Instalaban una sonrisa permanente en mis labios y me hacían creer que todo era posible. Pero no tardé mucho en descubrir que no era así. Andrés tenía sus limitaciones. Sólo resultaba apropiado para los momentos de ocio, y se le descubría penosamente inadecuado en cualquier otro contexto. La blancura de mis zapatillas se teñía con demasiada facilidad de otros colores, no necesariamente bellos, en cuanto las introducía en entornos difíciles, menos higiénicos y aquella inesperada delicadeza suya hacía desaparecer por completo su brillo. Su provocador dibujo sobrevivía mal a la dificultad, y ya no era capaz de despertar sonrisas, ni en mí, ni en nadie, sino que originaba un rumor de incomodidad y un embarazoso desagrado, era demasiado patente para todos que no eran apropiados, su inconsciente desenfado cuando era necesaria compostura y seriedad resultaba de lo más vergonzoso para mí. Descubrí que tampoco podían acompañarme a encuentros de élite, formales, respetables, porque simplemente no estaban a la altura. Me parece que crecí y ellos no, ellos se quedaron atrás, estancados en un momento de eterna juventud. Pero, aunque ahora ya me son totalmente impropios, sé que nunca me desharé del todo de ellos, sigo recordándolos con cariño.

Cada uno de mis zapatos tiene una historia que contar, muchos son, algunos dirían que excesivos, aunque yo no lo creo así. Guardo cuarenta y siete pares en mi armario, todos ellos imprescindibles, una experiencia enriquecedora, un recuerdo celosamente atesorado. Ahora llevo unas botas militares, inexpugnables, seguras, con las que puedo pisar firme sobre cualquier suelo sea cual sea su configuración. Aunque puede que me resulten un poco rígidas e inflexibles, opresivas ahora que llega el verano. Estoy pensando que quizá sea hora de pasarme por la zapatería de nuevo.

882 palabras, mayo 2015.

22 La revelación

Estaban ambos sentados a la mesa, comiendo en silencio, cuando Mariví supo, sin saber muy bien cómo, que ya no amaba a su marido.

Arroz caldoso. Y de alguna manera el pensamiento resultó adecuado, mucho más que si aquel distanciamiento afectivo se hubiera visto acompañado de espaguetis boloñesa. Hubieran resultado demasiado triviales para revelación tan importante.

Había cortado las verduras sobre la tabla de madera de la cocina, separando cuidadosamente la piel de zanahorias y judías, apartando las vainas de los guisantes, cortando en minúsculos pedacitos los trozos magros de ternera que el carnicero reservaba especialmente para ella, y en todo el tiempo que había empleado en asegurarse que el resultado de su trabajo fuese una comida sabrosa que agradase a su marido, el amor había estado ausente por completo. También faltaba en aquel momento.

Levantó la vista con desapasionada curiosidad hacia aquel hombre con el que había compartido muchos, tantos de sus años. El rostro le seguía siendo familiar, aunque se preguntó cuándo aquellos ojos habían dejado de mirarla, aquellos labios de sonreírle. La boca aparecía ocupada en engullir la comida y Mariví observó fascinada cómo paletada tras paletada de arroz desaparecía, lentamente, pero sin descanso, en aquella cueva oscura. El marido comía concentrado, con cuidado, como ejecutando un difícil encargo en el que no podía fallar, rebañando con la cuchara los granos diseminados por el borde del plato y avanzando después más decidido hacia el centro. Comía, comprendió de pronto, igual que eliminaba en invierno la nieve de la puerta del garaje, igual que introducía las bolsas de la compra en casa a partir del maletero de su coche después de la visita semanal al supermercado: en silencio, organizado, dedicándose primero a lo exterior y más evidente, para después avanzar despacio y concentrado, con una lentitud que a ella le resultaba exasperante, hacia el apretado núcleo. Jamás le había visto modificar su comportamiento, y sabía que se sentía ligeramente irritado si ella, más impaciente, más ágil, más caótica, interfería en aquel orden que él había impuesto y ayudaba con una paletada en el mismo centro cuando aún quedaba un segmento del borde sin limpiar, o recogía la bolsa más interna con el fin de proteger los productos congelados.

—Prefiero que no me ayudes —decía él, le arrebataba con esa infinita paciencia suya la bolsa o la pala de las manos, volvía a colocarlo todo en el lugar del que Mariví lo había apartado y continuaba con su sistema. Era así como lo hacía todo, comía, apartaba la nieve, organizaba la compra, abordaba cualquier problema, incluso como le hacía el amor.

Hacía mucho tiempo que Mariví se había acostumbrado, había dejado de exasperarse, de proponer otras opciones, de provocarlo, de forma juguetona a veces, abiertamente enfadada otras. Él nunca se alteraba, nunca se enojaba con ella, y nunca modificaba. Se limitaba a mirarla con solemne seriedad, a asentir, comprendiendo, y después continuaba ejerciendo su sistema como si la interrupción de su esposa jamás hubiera tenido lugar. Ella suspiraba y se resignaba. Pese a todo, era un buen hombre.

No podía decir que hubiera sido un mal matrimonio. Tal vez algo exento de emociones, a no ser que las frecuentes alteraciones por la pasividad del carácter de su marido se pudiesen tildar de emoción. Habían compartido cosas juntos, disfrutándolas cada uno de ellos a su manera y según su condición, criado adecuadamente a los hijos, afianzado entre ambos una estabilidad económica, construido un hogar. Pero en aquel trayecto en pos de la seguridad el amor se había perdido.

¡Y cómo lo había amado al principio! ¡Cuánto! No le resultaba difícil recordar lo que había sentido al verlo por primera vez, aquella aceleración de los latidos de su corazón cada vez que lo encontraba, como de casualidad, próximo a ella con posterioridad. También el cortejo había reflejado su personalidad, lento, pero firme, un avance circular hasta que aquel joven serio y de apariencia anodina tocó el centro, el alma misma, de la chica alocada y alegre que era ella por entonces, y se apropió por completo de su ser. Había dado saltos de alegría el día en que él le propuso matrimonio, cuando supo que deseaba compartir su vida con ella y a saltos felices había avanzado en aquellos años iniciales, corriendo descontrolada y a carcajadas ella, siguiéndola con pensativa parsimonia él.

Había sido un buen matrimonio, no lo podía negar, había sido feliz. Pero en el lugar en el que se había reunido entonces el amor ahora no encontraba nada.

Fascinada, siguió el rastro dejado por la cuchara en el plato de su marido, conteniendo el impulso de introducir la suya en aquel recipiente íntimo de alimento personal y desbaratar el perfecto círculo que se estaba formando en el centro, un arranque de impaciencia que no era la primera vez que experimentaba, y al que había cedido, de forma juguetona, al inicio de su matrimonio, para aburrirse poco después. Nada divertido había en contemplar la triste desolación de su marido al comprobar la destrucción de su cuidadosa construcción alimenticia. Mariví se sentía culpable después, malvada, se arrepentía e intentaba expiar su delito con mil pequeñas compensaciones aunque él, que jamás le guardaba rencor, no le exigía ninguna. Era preferible dejarlo estar.

—¡Antón! —exclamó ahora, crispada, años de frustración acumulados y condensados en aquel grito y el marido alzó la vista para dirigirle una paciente mirada de curiosidad sin sorpresa.

—¡Quisiera, por una vez...! —comenzó ella con la desesperación impregnando sus palabras, la mirada huyendo descontrolada por el comedor incapaz de detenerse en nada, intentando hallar las palabras adecuadas para explicarle a su marido su necesidad, ¡una necesidad vital! de que por una vez, una única vez, modificara su forma de comer. Expulsó el aire, impotente.

—¿Qué? —preguntó él, con su calma habitual y Mariví controló el errar de su mirada para concentrarla en su marido. Cuchara en alto, aguardaba sus palabras. Ella le contempló de nuevo, fijando la vista en aquel rostro familiar ahora ya envejecido y se sorprendió. No había sido consciente de la aparición de todas aquellas arrugas, de lo frágil que parecía su cuello, lo fino que se había vuelto su pelo. Todo aquello había sucedido junto a ella, en su presencia, seguro que de forma paulatina, pero no lo había advertido, no conscientemente al menos. Sólo los ojos, aquella mirada límpida, clara, segura y cálida, aquellos ojos que la habían enamorado, seguían siendo los mismos, no habían cambiado. Mariví inspiró profundamente y se tranquilizó. No hablaría, ¿para qué?, no serviría de nada.

—¿Quieres que sirva ya el postre? —preguntó, con tono neutro, resignado, y se sorprendió cuando de repente notó la mano de su marido sobre la suya.

—Sí —asintió él, mirándola a los ojos—. Tomemos ya el postre.

Lo dijo como si aquellas palabras guardaran en sí un mensaje oculto y sus labios se ensancharon en una tímida sonrisa, simétricamente rodeada por un grupo de profundas arrugas. Centro y círculos exteriores. Pero en esta ocasión Mariví entendió la debilidad, sintió a su marido enternecedoramente frágil, comprendió que la necesitaba, a ella, con su apasionado descontrol, su impaciencia y su recorrer la vida a zancadas.

    Y, de repente, el amor volvió a estar ahí, como si nunca hubiese faltado.

1203 palabras, junio 2015.

23   *Atropello*

Llevaba semanas sintiéndose inexplicablemente triste. Si reflexionaba acerca de cómo venía transcurriendo su vida no descubría en sí razón alguna para ser infeliz, y, sin embargo, no hallaba nada en su interior que le pudiera causar bienestar. Despertaba ya con el rumor de ese abrumador peso que lastraba su alma desde hacía algún tiempo, no recordaba cuánto, y arrastraba consigo durante el resto de la jornada aquella niebla que ofuscaba sus sentidos y la asfixiaba. La densa nube de un gris levemente negruzco la acompañaba a donde quiera que fuera y le impedía creer en la presencia de una paleta de colores en el mundo que la rodeaba.

    Caminaba por la calle camino del trabajo avanzando sin voluntad por el sendero acostumbrado, moviéndose como una autómata, la cabeza gacha, los brazos pegados al cuerpo, alzando los pies con cansina reiteración a cada paso, sin fuerzas para protegerse de las cálidas gotas de lluvia que rozaban atrevidas su expuesto cuerpo. Sería demasiado evidente decir que le recordaban a las lágrimas, demasiado sencillo también. Pese a todo hacía calor. Una ligera tormenta de verano que pronto pasaría, tal vez refrescante para algunos, para ella sólo un componente más que completaba su pena.

Aunque no, no llegaba tampoco a experimentar esa angustia. Eso hubiera sido bueno, hubiera significado sentir algo. Ese halo sombrío que la envolvía como una capa aislante, seccionando de forma brutal toda posible interacción con el exterior no la hacía reaccionar con violencia. Probablemente hubiera preferido la ira, o el compadecerse de sí misma, o también el hundirse en la más penosa desazón, para así poder vomitar su desasosiego, con fiereza, gritar al mundo su dolor. De haber sucedido de este modo seguiría viva, pues se le habría ofrecido la oportunidad de expulsar ese indeterminado mal que la corroía, alejar de sí con aullidos quizá inhumanos aquella ponzoña tóxica de origen desconocido que estaba acabando con ella. No, no sentía nada de aquello. En realidad no sufría. Ya quisiera. Cualquier pena, hasta la peor de las torturas, le parecía mejor que aquel vacío. Gris tristeza, nada más.

Y nada menos.

Las calles estaban tintadas de gris. El gris del asfalto, el gris de los edificios, el gris de los escasos vehículos aparcados en un lateral, todos ellos grises también. La zona azul se había transformado misteriosamente en zona gris. Milagrosamente. Porque los milagros no siempre son positivos. A veces son simplemente grises.

Aquel día, como muchos de los días anteriores, iba vestida de gris. No de blanco o de negro, lo que hubiera significado inclinarse hacia un lado u otro del espectro, aferrarse a una esperanza de mejora o también decidirse de una vez a empeorar, sino simplemente de gris. Un gris continuo que señalaba una condena perpetua. Vaqueros grises y camiseta gris, a la que cruzaba de lado a lado una leyenda gris en una lengua que le resultaba desconocida. No se permitía arriesgarse a comprender un mensaje tal vez iluminador.

Al detenerse en el semáforo casi se sintió agredida, obligada como estaba a fijar la vista en aquella estridencia coloreada. Rojo. El rojo no era su color. Le causaba daño a la vista e interrumpía su tristeza gris con la promesa de una emoción que sabía que nunca llegaría a sentir. Apartó la mirada hacia un lado, concentrándose en olvidar el rojo al frente, dejando que su cerebro asimilara aquello que le transmitían sus entristecidos ojos. Unas piernas enfundadas en un pantalón gris, salpicado de barro en los bajos, zapatos negros ligeramente enlodados que bordeaban la acera. Ante aquellos pies, sombras de vehículos apareciendo y desapareciendo a toda velocidad, tal vez grises, tal vez no, demasiado rápidos como para que llegasen a molestar. Sobre el asfalto, en esa zona que ya no es acera pero que añora serlo, la lluvia ha formado un pequeño río que avanza perezoso hasta la lejana alcantarilla arrastrando consigo restos de basura gris. Una pareja de pájaros chapotea en el agua, revoloteando en torno a lo que parece ser un trozo de pan, empapado por la lluvia, pero aún no deshecho. Pájaros grises y pan igualmente gris. Gorriones y alimento contaminado.

Sin pensar mayormente en ello, se detuvo a observarlos, sin experimentar emoción alguna mientras lo hacía. Incluso en estado reblandecido el pan resultaba demasiado pesado para los esfuerzos aunados de ambos. No lograban levantarlo. Se preguntó, exenta de curiosidad, si esa ciega determinación respondería a la avaricia o al instinto de protección. Querrían el pan para sí mismos o para ofrecérselo a alguna cría que les aguardaba en la seguridad de un nido. Casi lamentó no tener la capacidad de sentirse fascinada. La escena lo merecía.

El baileteo en torno al suculento premio no cesaba, pese a que la dificultad era evidente. De haber sido pájaro, ella se habría rendido hacía tiempo. Ellos no. Un aleteo, un apoyo con el pico, unos saltitos emocionados, casi habían logrado apartar el pan de la calzada y arrastrarlo lo más cerca posible de la seguridad de la acera. El triunfo estaba próximo, y, sin ser demasiado consciente de lo que hacía, contuvo la respiración, permaneciendo completamente quieta, como si con su inmovilidad pudiera auxiliar en la dificultosa labor. Sintió, más que oyó, el chirrido de unos frenos. Adivinó, más que vio, el verde en sustitución del rojo y se sorprendió tanto como los gorriones al ver acercarse aquella enorme rueda obedeciendo el alto prescrito en el último segundo.

El primer gorrión había alzado el vuelo a la primera señal de peligro, renunciando sin dudar a aquello que sólo unos instantes antes parecía lo más preciado en su vida. Su compañero, mucho más osado, o tal vez más inconsciente, no huyó. Pudo sentir casi como propia la felicidad del triunfo cuando el trozo de pan al fin abandonó la seguridad del suelo. Por una fracción de segundo incluso imaginó que el gorrión la miraba, a ella, en busca del más que merecido aplauso y ese fue el segundo que se completó cuando la rueda chirriante al fin se detuvo, atrapando primero un ala que no se había alzado lo suficiente. La huida ya no fue posible. El pánico no se prolongó, aquella consciencia de muerte no duró, el pájaro pasó fugaz por ellas en su camino de la felicidad más absoluta a la inconsciencia de la nada. Dos centímetros más avanzó la rueda y aquella inercia mecánica le aplastó, creando una amalgama de plumas y pan, fundiéndolos a ambos hasta confundirlos por completo.

El dolor fue tan atroz que casi se le olvidó respirar. La uniforme tristeza se transformó en una insoportable congoja que le hizo emitir un sollozo ahogado. La mañana gris explotó y se convirtió en una tormenta salvaje, incontrolada, de un negro aterrador, en la que valientes gorriones que se habían sacrificado por un ideal sin poder llegar a disfrutar de su victoria se confundían y entrelazaban con existencias humanas anodinas, vacías y sin sentido. Giraban y giraban a su alrededor, y el mareo casi la hizo caer. Aquel pájaro no merecía morir, era ella quien ya había renunciado a la vida, no él.

Sintió escapar de sus labios una exclamación de disgusto. Pero no, aquella queja no era suya. Alzó la vista, y su mirada teñida de la desesperación más ciega se cruzó con la del desconocido de los zapatos enlodados. Un rostro joven, amable, en el que había impactado la aflicción. Estaba muy pálido y comprendió que también a él le había atrapado la frenética actividad de los gorriones. Pero en aquellos ojos inmensamente tristes vio aún más. Con un escalofrío que la hizo estremecer muy íntimamente detectó la presencia prolongada del gris. Sorprendida, sintió una conexión que no creía haber experimentado nunca antes en su vida. Él le dirigió una tímida e insegura sonrisa, cargada de pesar y luto y ella asintió, respondiendo tal vez a una pregunta no formulada. Como puestos de acuerdo ambos bajaron la vista y contemplaron los desagradables restos del pájaro. El agua de la lluvia impregnaba la escena dotándola de una sordidez fría y desapasionada. Pero en los pequeños charcos que se formaban alrededor de aquel pequeño cuerpo, según descubrió maravillada, quedaban reflejados los colores del arco iris.

1363 palabras, junio 2015.

Agradecimientos

¡Y conseguí llegar hasta aquí!
Aunque no es la primera vez que me dedico a la narrativa, este volumen posee un valor especial para mí. El seis de noviembre de 2014 sufrí inesperadamente un infarto, y ese hecho que jamás pensé que pudiera ser tan traumático, transformó profundamente mi vida, hundiéndome, de forma inicial, en la mayor de las tristezas. Me sentía constantemente acompañada de un terror paralizante. No creí que pudiera volver a escribir jamás. Que, finalmente, se haya conseguido, que me ilusionase este proyecto y que pudiera quedar completado se debe al esfuerzo y al apoyo de muchas personas, a las que nunca podré agradecer lo suficiente el haber estado ahí, a mi lado.

Me emociona pensar que son demasiados para mencionarlos uno a uno, y, aunque no os nombre individualmente, sentíos aludidos de forma personal y directa. Mi hija Mireia imprimía cada día la lista de mensajes llegados a través de whatsapp y Facebook para llevármelos a la UCI, e invariablemente, sus contenidos de ánimo y cariño me hacían llorar, y hasta se pensó en censurarlos para no alterarme en aquellos primeros y delicados momentos. Descubrirme querida hasta un punto inimaginable ha sido una de las cosas más sorprendentes que he experimentado, sin duda lo mejor de toda esta historia. Me siento afortunada por poder teneros en mi vida. ¡Gracias!

No me hubiera ni planteado volver a la escritura de no ser por la inestimable ayuda del Servicio de Rehabilitación Cardiaca del Hospital Virgen de Valme de Sevilla. Llegué a vosotros habiendo dejado de ser la que era, sumida en un mundo de dudas, sintiéndome acabada, profundamente deprimida, aterrorizada incluso, para abandonaros con una sonrisa después de descubrir un mundo nuevo, más apacible, y mucho más feliz. Gracias a todos mis compañeros por aquellos enriquecedores meses vividos, a Antonio, José Manuel, Manuel, Daniel, Rafael, Pascual, José Luis, y, muy, muy especialmente, a Eva y Paqui, por darme a conocer el valor de la verdadera solidaridad entre quienes apenas nada tienen en común al margen de ser personas que sufren e intentan recomponer sus vidas. Profundamente en deuda estoy, lo sabéis, con mis maravillosos enfermeros, Lola, la de la voz dulce, y el paciente y eficiente José Antonio, y con mi fisioterapeuta, la siempre alegre y vivificadora Anabel. Antes de conoceros odiaba la idea de necesitar acudir a rehabilitación física cada día por lo que ello significaba, pues me resistía a aceptar pertenecer a un grupo de enfermos crónicos, pero, cuando os probé, os convertisteis en lo más importante, lo más necesario de mi vida. Casi lamenté restablecerme lo suficiente como para tener dejaros y sin duda es ese el mayor elogio que os podría dedicar. Sois unos profesionales excelentes, pero, sobre todo, sois unas personas maravillosas. Me hacíais sentir protegida, me hacíais sentirme yo de nuevo, me permitisteis volver a escribir. ¡Gracias, de corazón, de este corazón que habéis restablecido, y en el que siempre permaneceréis!

Muy agradecida le estoy a Noël González, que ha aceptado diseñar mi imagen de portada, ya por segunda vez, y con el que espero contar también para una posible tercera, y cuarta, y quinta... (ya lo discutimos cuando llegue el momento)... si no se vuelve tan famoso que ya no pueda permitírmelo. Ha sido un privilegio poder contar contigo de nuevo.

En todo este tiempo el mayor de los apoyos ha procedido sin duda alguna de mi familia. Aquel hermanito pequeño que me seguía a todas partes rogándome que jugara con él con sus fichas de lego y muñecos de playmobil (sólo me resistía para hacerme de rogar, me encantaba compartir esos momentos contigo), se ha convertido hoy en un profesional de la medicina que ha salvado mi vida, ¡quién lo diría!. Y aquel otro bebé que llegó tan tarde a nuestra casa que me planteé si realmente la podría considerar hermana, no sólo ha sido mi apoyo en los momentos más difíciles, ahora y siempre, sino un modelo a seguir en estos meses. Si he reunido fuerzas para salir adelante cada vez que deseaba rendirme ha sido porque pensé que, si tú habías sido capaz, hallándote en una situación mucho peor que la mía, yo también podría. Y pude. Parece que ambas pudimos. ¡Gracias!

A mis padres... Lamento haberos dado este disgusto. Dejásteis de tener vida durante un tiempo para dedicaros por entero a la mía, frágil e inestable. Ignorásteis malestar, enfermedad, cansancio, incomodidades propias, lo primero debía de ser yo. Siempre he podido contar con vosotros. Ya sabéis cuánto os quiero.

Y, finalmente, todo el amor de mi maltrecho corazón pertenece, como no podía ser de otro modo, a Mireia. Dotaste de sentido mi vida el día en que llegaste a ella y ahora, convertida en mujer ya sin saber yo muy bien cómo ha sucedido eso, me siento orgullosa de lo que eres y de cómo eres. ¡Eres mi mejor creación!

Sevilla, junio de 2015.
Eva Parra Membrives

Printed in Great Britain
by Amazon